品味宋詞 下

益智館 21

品味宋詞《下》

編著　曹子恩

責任編輯　李文燕

內文排版　王國卿

封面設計　姚恩涵

出版者　培育文化事業有限公司

信箱　yungjiuh@ms45.hinet.net

地址　新北市汐止區大同路3段194號9樓之1

電話　（02）8647-3663

傳真　（02）8674-3660

劃撥帳號　18669219

CVS代理　美璟文化有限公司

TEL／(02)27239968

FAX／(02)27239668

總經銷：永續圖書有限公司

永續圖書線上購物網
www.foreverbooks.com.tw

法律顧問　方圓法律事務所　涂成樞律師

出版日期　2018年06月

國家圖書館出版品預行編目資料

品味宋詞 / 曹子恩編著.-- 初版.
　-- 新北市：培育文化，
民107.06　面；　公分. --（益智館；21）
　ISBN 978-986-95464-9-2(上冊：平裝)
　ISBN 978-986-96179-0-1(下冊：平裝)
　833.5　　　　　　　　　107001656

前言

　　詞，又稱長短句，在中國歷史上，以宋朝時期詞的成就最高，所以人們常以唐詩宋詞並稱。宋詞不乏唐詩的意境，又多了一份詞的韻味，讀來朗朗上口，不但爲當時的文人墨客所喜愛，也常爲後人、包括今天的人們所吟誦。

　　簡單地說，因爲從宋詞中能講出人生的情趣 讀出文學的高雅。

　　宋詞的精髓就在於一個「美」字：有傷感之美，有豪邁之美，有「小橋流水人家」的情趣之美，有「壯懷激烈」的胸懷之美。宋詞的力量在於一個「悲」字。最震撼心靈的戲劇都是悲劇。同樣，宋詞也是一種悲劇的藝術宋詞中有描寫邊塞生活的，有描寫市井生活的，有描寫宮廷生活的。透過品味宋詞，不僅可以得到藝術上的享受，還可以從這些文字中走進那個時代，走進那個時代的生活，也走進詞人的內心世界。

　　宋朝的中、晚期，隨著金、元的不斷入侵，戰亂頻繁，在正義與非正義的較量中，湧現出一批可歌可泣的文臣武將，其中既有傳奇色彩的楊家將、岳飛等，也有辛棄疾、陸游等愛國詞人，讓我們在宋詞中去感受那些民族脊樑們的愛

國情懷，並在感歎之餘，奉上我們無限的敬意。

　　每一個特定的時代似乎總會出現一些讓人傷懷的事情，這些事情的進一步深化便成了歷史上的悲劇，有受封建禮教束縛的愛情悲劇；也有愛國志士遭佞人讒害致死的悲劇；更有大好河山落入旁人之手的千古遺恨。在這一幕幕的悲劇中，詞人用他們特有的手法書寫著、記錄著，留給後人深深的啟迪。

　　抒情是宋詞創作的主要動因之一，在這些言志、抒情的詞篇中，有對現實生活的無奈，有對當政者的不滿和憤慨，也有對人生的真實感悟。

　　宋詞是中國古典文學寶庫中的一塊寶玉，瞭解詞作背後許多感人至深的故事，是提高文學素養、培養豐富情感的好辦法，是值得推薦給大家的一本好書。

✿ 言志抒情篇

雜詠篇

婉約感情篇

在歷史的長河中，愛情
貫穿了美和理想所及的
任何角落，對於愛情，
有人相信海枯石爛，天天
是海誓山盟，夜夜是地久
天長！在愛情最濃烈的時候
離別，聲聲都是對時光無常、
世事無常、前程無常的控訴；也有
人說愛情是盛開的紅玫瑰，是別離時的
悲傷，是寂寞時的相思……
宋詞愛情篇講述的就是一幕幕悲歡離合、生死相許
愛情故事，再詞中體會古人情真意切的愛情故事中

歷史學家的豐富情感

西江月（佳人）

——司馬光

寶髻鬆鬆挽就，鉛華淡淡妝成。
青煙翠霧罩輕盈，飛絮游絲無定。
相見爭如不見，多情何似無情。
笙歌散後酒初醒，深院月明人靜。

注　釋

- 寶髻：古代婦女髮髻的一種。
- 鉛華：搽臉之粉；詩寫虢國夫人「鉛華淡淡妝成」朝見唐玄宗。
- 輕盈：指佳人。
- 游絲：飄動著的蛛絲。
- 爭如：怎如。

鬆鬆地綰就了寶髻，淡淡地化了妝。青煙翠霧籠罩的輕盈身影就像飛絮和游絲一樣，不知飄向何方。相見還不如不見，多情還比不上冷漠無情。笙歌散盡，酒後初醒，深院裏，月明人靜。

這首詞塑造了一個美麗多情的佳人形象，道出了在愛情問題上「相見爭如不見，多情何似無情。」這很富哲理性的警句，給人以啓迪。它表現了這個以撰修《資治通鑑》和反對新法而著名的史學家、政治家感情極爲豐富的另一面。

司馬光是中國歷史上著名的史學家、政治家，他七歲時，言行持重如成人。喜聽《左氏春秋》，常回去講給家人聽。稍能瞭解大意，就手不釋卷，讀書時甚至忘記饑渴寒暑。一天，一群小孩在園中嬉戲，一小孩爬上水缸，失足落入水中，眾孩童都慌忙逃去，只有司馬光搬起石頭把缸砸破，使水淌出來，落水孩童因此而得救。後來，有人將此事繪成圖畫，流傳於汴洛一帶。仁宗寶元初年，司馬光中進士甲科，年齡剛二十歲，授奉禮郎。

仁宗初病，未立皇位繼承人，天下爲之擔心而又不敢明言。諫官範鎭首先建議選立皇子，司馬光在並州得知也爲此上疏，並給範鎭寫信希望他拼死力爭。後司馬光又當面對仁

宗說：「臣昔日通判並州時所上三章，願陛下果斷實施。」
仁宗沉思良久，說：「莫非是指選宗室子弟作爲皇子之事
嗎？此乃忠臣之言，只是別人不敢提及罷了。」司馬光說：
「臣議此事，自以爲必死，想不到陛下能夠開恩採納。」仁
宗說：「這有何害，古今都有這種事。」退朝後，司馬光因
未得明確答覆，再次上疏說：「臣昔日所進之言，以爲能很
快實行，但至今未有消息。此必有小人說陛下正年富力強，
何必做此不祥之事。小人無遠慮，不過是欲在倉促之際，擁
立與自己關係密切之人。『定策國老』、『門生天子』之
禍，不可勝言。」仁宗大爲感動，命把此疏交付中書省。司
馬光見到韓琦等人說：「諸公不參與今日策立太子之事，他
日宮中夜半傳出片紙，說以某人爲皇嗣，則天下誰還敢違
抗。」韓琦等拱手說：「敢不盡力。」不久，英宗被立爲皇
子。

　　後來神宗即位，提升司馬光爲翰林學士。司馬光常患史
籍繁多，君主難以遍讀，遂編著《通志》八卷獻給朝廷。神
宗很喜歡，命他續編。並爲其題名曰《資治通鑑》，並親自
爲之作序，使司馬光每日進讀。

　　這本書幾乎花費了司馬光全部的精力和心血，他每天不
分白天黑夜地寫，常常顧不上吃飯和睡覺。他害怕自己睡得
過了頭，動手設計了一個圓木枕頭，只要腦袋稍微一動，枕
頭就會滾到一邊，把他驚醒。他把這個枕頭叫做「警枕」，
意思是防止自己睡得過久。司馬光這種刻苦做學問的態度一

直被後人所稱讚，「警枕」的故事也就成了一段歷史佳話。

　　《資治通鑑》的編寫歷經了英宗、神宗兩代皇帝，前後共用了十九年的時間。它根據豐富的歷史資料，論述了從西元前403年到西元959年共1362年的史實，按照事情發生的時間先後，編寫了一部二百九十四卷的編年史（按年月日順序記載歷史的一種體裁）。這部書詳細地介紹了各個朝代重大歷史事件的發生和發展，各種政治、經濟制度和文化狀況，對一些重要歷史人物的事蹟和言語也作了記錄。它是中國歷史上一部偉大的著作，人們因此把司馬光和寫《史記》的漢朝史學家司馬遷，合在一起叫做「兩司馬」。

　　司馬光很耿直，在寫書時也是這樣。他在《資治通鑑》裏面，不僅讚揚了每個皇帝做了好事的一面，也指出了他們殘酷鎮壓老百姓、迷信荒唐的一面。這部書參考了三百多種參考書，並且做了認真的考證，具有很高的歷史資料價值。因此，後來的歷史學家研究宋代以前的歷史，都喜歡把《資治通鑑》拿來作參考。總之，這部三百多萬字的書是繼漢朝司馬遷的《史記》之後的一部傑出的通史，是中國文化遺產寶庫裏的一顆閃閃發光的明珠。

青梅竹馬好事圓

一剪梅

——張幼謙

同年同月又同窗，不似鸞鳳，誰似鸞鳳？
石榴樹下事匆匆。驚散鴛鴦，拆散鴛鴦。
一年不到讀書堂，教不思量，怎不思量？
朝朝暮暮只燒香。有分成雙，願早成雙。

注 釋

• 鸞鳳：傳說中的鸞鳥即鳳凰，以此比喻夫妻。

譯 文

　　我們在同一年同一日出生，又是在一起共同讀書，如果
這都不像夫妻的話那誰像夫妻呢？以前我們在石榴樹下嬉戲
嚇散一對鴛鴦各自紛飛。你已經有一年沒有來這裏讀書了，
這怎能讓我不想念你，我整天燒香拜佛，希望能夠早日和你
結為夫妻。

背景故事

在南宋端平年間，浙江某地有兩家人相鄰。張家張忠文、羅家羅仁卿，他們相處得非常和睦。說來也巧，兩人的妻子同一天生孩子。張忠文得一子，取名張幼謙，羅家生一女，取名羅惜惜。

幼謙與惜惜，青梅竹馬兩小無猜。到了六、七歲時，羅女惜惜寄學於張家，與張幼謙是同學。於是有人跟他們開玩笑說：「同日出生的男女應成為夫婦。」聽了這話他們信以為真，感情更深。

可是隨著年齡的增長，按照當時風俗，日漸長大的羅惜惜就不能再跟男孩一起上學了，而張幼謙也不能去羅家那深牆密院外打聽心上人的行蹤。這樣，他們便沒有了再見面的機會。眼看冬天就要到了，張遂填了一首《一剪梅》詞，透過羅家侍女寄給她，道是：

同年同日又同窗，不似鸞鳳，誰似鸞鳳？
石榴樹下事匆忙，驚散鴛鴦，拆散鴛鴦。
一年不到讀書堂，教不思量，怎不思量？
朝朝暮暮只燒香，有分成雙，願早成雙。

但幾天下來，張都未能見到羅家侍女給他捎來好消息。後來終於等到侍女來了，張便又給羅捎去一首詩，並讓她轉告羅說齋前梅花已開，希望消息也像花兒一樣地準時開放。然而，此後還是音信全無。

不久，張幼謙央求父親去羅家求親。但羅仁卿看到張忠文家道衰落，便堅決不依允女兒的婚事。拒絕了這門婚事後，他又怕張家再來相煩，便馬上托人將女兒許給富人辛家的兒子。張幼謙聽說後，心中非常惱怒，以為是羅惜惜嫌貧愛富，為此寫下一首《長相思》詞，託人給羅惜惜帶去。他在詞中寫道：

天有神，地有神，海誓山盟字字真，如今墨尚新。

過一春，又一春，不解金錢變作銀，如何忘卻人。

接到這首《長相思》細細讀過，羅惜惜知道張幼謙錯怪了自己，但怎樣才能與他訴說呢？將自己許配辛公子，那是父母的主張，而非自己之意，為了表白心意，羅惜惜寫了一首《卜運算元》詞，送給張幼謙。

在萬念俱灰之時接到羅惜惜的詞，不讀則罷，一讀張幼謙不由得春風滿面，轉憂為喜，那詞寫道：

幸得那人歸，怎便教來也？

一日相思十二辰，真是情難捨。

本是好姻緣，又怕姻緣假。

若是教隨別個人，相見黃泉下。

看來兩人是準備殉情了。在一次兩人私下幽會的時候被羅惜惜父母逮著，張就被抓到衙門裏給關押著。而羅由於投井自殺未果，反而被人整天看守著，不讓她擅自離開寸步。張在官府裏向長官陳述了自己跟羅屬於兩相情願之事，縣太爺又命人帶來羅惜惜，經再三盤問，確知他們情深意切，於

是命羅家退了辛家的聘禮，成全了這一對年輕人，將羅惜惜嫁給張幼謙爲妻。

這首詞反映了宋末青年男女思想的解放，他們突破程朱理學的限制，衝破封建婚姻制度的藩籬，打破「父母之命，媒妁之言」的封建教條，而大膽追求自主婚姻。爲了愛情，他們寧可獻出自己的生命，而絕不向封建勢力低頭。這種精神十分可貴。

詞在他們手中具有多種功用，它既是表情達意的工具，又具有信函和媒介的作用。張幼謙與羅惜惜靠這幾首詞寄託相思之情，表達堅貞專一的愛情信念，相互慰藉，相互鼓舞。他們的詞作，辭近旨遠，言淺意深。男女主人翁直抒胸臆式的寫法，形成了如泣如訴的藝術效果。

讓蘇軾讚賞的愛情詞

卜運算元（我住長江頭）

——李之儀

我住長江頭，君住長江尾。
日日思君不見君，共飲長江水。
此水幾時休，此恨何時已？
只願君心似我心，定不負相思意。

- 已：完了，終結。
- 相思意：彼此相思的愛戀之情。

　　我住在長江的上游，你住在長江的下游，我們雖然共飲長江的水，我天天思念你卻見不著你。我對你的思念就如這奔騰不息的東流水。這長江水什麼時候能枯竭？我什麼時候能見到你？只願你的心跟我的心一樣堅定，彼此不負相思的心意，也就夠了。

滄州李之儀，愛好填詞，結交了當時詞壇的許多名人，包括大文學家蘇軾。

一天，蘇軾來訪，兩人促膝談詞。李之儀對前人把詞作為文人學士的樽前小唱頗不以為然，認為過去許多人的詞無非是豔情閒愁、遊子旅思，其中雖有不少佳作，但無論是優美、華麗的花間詞，還是超逸絕倫的李煜詞，都顯得句琢字雕，不大為一般人所理解，不如樂府民歌那樣淡雅樸素，意美味醇。

談到這裏，李之儀頗有感觸地說：「蘇兄才高學深，定能以如椽大筆，一洗綺羅香澤之態，使詞達到一個新的境界。」

蘇軾聽了，馬上謙遜地說道：「不敢！不敢！老兄過獎了！我只不過是紙上談兵，無濟於事啊！」

李之儀接著說：「紙上談兵不如畫餅充饑，現在你我各填一首詞，體會一下樂府民歌的淳厚風味，如何？」

蘇軾搖搖頭說：「今天我因事煩惱，思路閉塞，怎麼能寫得出呢！」

「莫非『剪不斷，理還亂，是離愁』？」李之儀笑著問道。當時蘇軾遭貶，遠離親人，心頭確實充滿思鄉之苦與離親之愁。

過了一會兒，李之儀對蘇軾說：「蘇兄思路閉塞，我來

填一首。不過，要請你舉一首民間詞爲例，讓我模仿它的格調來寫，這總該不成問題吧？」

蘇軾想了想，便連聲說：「好！好！」接著便舉一首民間無名氏的詞爲例，詞中用六件不可能發生的事來比喻，表明主人翁絕不分離的決心。這首詞語言率直，態度堅決，反映了青年男女之間深厚的情誼，展現了民歌坦率而剛健的風格。

李之儀聽完，說道：「這不是寫男女之情的詞嗎？」

蘇軾說：「是的！只要寫得好，男女情愛怎麼就不能寫！」

李之儀略加思索說道：「好，我就寫一首男女情愛的詞。」

說罷，他提筆寫了上面這首《卜運算元》詞。

詞一寫完，蘇軾竟看呆了，過了一會兒，他才說道：「好！好一個『只願君心似我心，定不負相思意』！」

這首詞爲我們刻畫了一個懷春女子的形象，上片描繪這個女子面江而思，下片表現這個女子內心的願望。上片以長江起興。開頭兩句，一句說「我」，一句說「君」，一住江頭，一住江尾，既顯空間距之遠，又蘊相思情之長。

詞的三、四兩句，是從前兩句自然引出的。江頭江尾的萬里遙隔，當然就天天望江水，「日日思君」來，而「不見君」又是非常自然的了，山水阻隔的路又豈是那麼容易跨越的？詞人這裏所指的「江水」也許是一種隱晦，男女主人翁

也可能並不是阻於山水，而是被其他的因素所阻，如父母的反對，身分地位的不相稱，家族勢力或世仇等等。

雖然彼此不相見但想到同住長江之濱，「共飲長江水」，女主人翁的內心又感到了一點安慰。這「共飲」一詞，反映了人物感情的波瀾起伏，使詞情分外深婉含蘊。

下片以「此水幾時休」呼應上片的「長江頭」、「長江尾」、「長江水」、「此恨何時已」呼應上片的「思君」的句子，用「幾時休」表明主觀上祈望恨之能已，「何時已」又暗透客觀上恨之無已。江水永無休止之日，自己的相思隔離之恨也永無消止之時。「只願君心似我心，定不負相思意」，恨之無已，正緣愛之深摯。

「我心」既是江水不竭，相思無已，自然也就希望「君心似我心」，定不負我相思之意。「江」的阻隔雖不能飛越，「共飲長江水」的兩顆摯愛的心靈卻能一脈遙通。這樣一來，單方面的相思便變爲對對方的期許，無限的別恨便化爲永恆的相愛與期待。這樣，阻隔的心靈便得到了永久的滋潤與慰藉。

從「此恨何時已」翻出「定不負相思意」，是感情的深化與昇華，也是一種理智的反思和頓悟。全詞以長江水爲抒情線索。悠悠長江水，既是雙方萬里阻隔的天然障礙，又是一脈相通、遙寄情思的天然載體；既是悠悠相思、無窮別恨的觸發物與象徵，又是雙方永恆相愛與期待的見證。

蝶戀花

——蘇軾

花褪殘紅青杏小。燕子飛時，綠水人家繞。
枝上柳綿吹又少，天涯何處無芳草！
牆裏秋千牆外道。牆外行人，牆裏佳人笑。
笑漸不聞聲漸悄，多情卻被無情惱。

注　釋

- 花褪殘紅：殘花凋謝。
- 柳綿：柳絮。
- 「天涯」句：指芳草長到了天邊，春天已經完結了。
- 這句說，牆外行人已漸漸聽不到牆裏盪鞦韆女子的歡聲
  笑語了。
- 多情：指牆外行人。
- 無情：指牆裏女子。女子之笑，本出於無心。行人聽見
  牆裏女子笑聲之後，枉自多情。
- 惱：引起煩惱。

紅色的花朵已經凋落得沒有了，小小的青杏長了出來。燕子向南飛來時，綠水已漲得滿滿的環繞著人家的屋舍。枝上的柳絮在春風中吹得越來越少，茂盛的芳草長得到處都是，哪個地方沒有呢！牆裏的姑娘們在盪鞦韆，牆外有一條大馬路。大馬路上走來的行人，聽到牆裏姑娘們在笑語喧嘩。笑聲漸漸消失，她們都走開了。多情的行人這時卻被她們的笑聲弄得很是煩惱。

蘇東坡在杭州做通判的時候，三十九歲的他收了一個十二歲名叫王朝雲的歌女在自己的身邊做侍女。

一晃幾年過去了，王朝雲到十八歲時長成了一個漂亮、聰穎而又能幹的大姑娘。這時蘇東坡已被貶到黃州來，也就是在這一年，蘇東坡正式納王朝雲為妾。就是這位王朝雲，竟成了蘇東坡晚年遭貶嶺南惠州時的生命支柱。王朝雲不僅是蘇東坡的妾，更是他的一位知己。王朝雲侍候在蘇東坡的左右，使他顛沛流離的生活有了一絲的慰籍。

到了宋哲宗元豐六年九月二十七日，王朝雲為蘇東坡生下了第四個兒子，取小名為幹兒，這使得蘇東坡全家上下十分歡喜。

不幸的是到了第二年的三月，蘇東坡被遷移汝州（現在

的河南臨安），乘船至九江的途中，幹兒因勞困過度於七月二十八日在金陵夭折。在萬分悲痛之中，蘇東坡寫了兩首悼兒詩，表現了他對幹兒的懷念和對王朝雲的深摯情感。

蘇東坡十分疼愛王朝雲，因爲王朝雲是他的知己。

那是宋哲宗元祐初年，蘇東坡因舊黨宰相司馬光要盡廢新法，而與之爭論後，被舊黨的投機分子排擠到杭州做太守，這使得蘇東坡悶悶不樂。

有一天，吃過飯他在房中撫摸著肚子來回走動，便回頭對侍女們問：

「你們說說看，我這肚皮中都有什麼東西？」

一位侍女搶著回答說：

「學士的肚皮裏全是文章！」

蘇東坡聽後搖了搖頭。

接著又一個侍女對蘇東坡說：

「您滿腹經綸，都是巧妙機關！」

蘇東坡也認爲不妥。

最後輪到王朝雲來回答了，於是王朝雲從容不迫地答道：

「我看你呀，是一肚皮的不合時宜。」

蘇東坡立即捧腹大笑，認爲只有王朝雲最能理解他的心情。

宋哲宗紹聖元年，蘇東坡已是五十九歲了，這一年，他因爲性格耿直，又被重新掌握政權的新黨貶到南邊最荒涼的廣東惠州。

當時，蘇東坡有許多小妾，但看到他又被貶到幾乎是荒無人煙之地，眾妾都相繼離去。唯獨王朝雲，她不怕那裏的蠻煙瘴雨，堅決追隨蘇東坡作萬里遠行，忠心陪伴年老體衰的蘇東坡度過窮極困窘的流亡生活。

在惠州，王朝雲作為一名歌手，經常為蘇東坡演唱詩詞，以撫慰蘇東坡難以排遣的滿腹憂愁，寬慰他的愁腸。

這時的蘇東坡身體還能適應環境，而王朝雲卻因水土不服，身體日漸不支。這裏的自然條件雖然很差，但卻少了許多官場的應酬，也就少了許多煩惱。於是，蘇東坡的心境也漸漸好起來。閒暇，王朝雲便在蘇東坡的薰陶下開始讀書習字，並且頗有成就，她又跟當地的比丘尼學佛，誦讀佛經，也略知佛理。除此之外，她就陪著蘇東坡聊天。

有一次，蘇東坡與王朝雲閒坐，蘇東坡想起自己遭到不幸，許多親朋好友相繼離散，而只有王朝雲陪伴。在來惠州之前，蘇東坡曾勸王朝雲回鄉。因為惠州偏遠落後，生活艱苦，而王朝雲家在杭州，兩地相距遙遙千里，如果隨他到了惠州，回趟娘家都十分不易。但王朝雲卻無論如何也捨不得蘇東坡，她對蘇東坡勸她回鄉很是生氣。

蘇東坡反覆思量，不禁感慨起來，於是鋪紙揮毫，寫下了一首《蝶戀花》詞。

這首《蝶戀花》詞，上半闋寫對春天的傷感；下半闋寫一位街上的行人聽到牆裏邊女子盪著鞦韆說笑的聲音，而女子並不知道牆外已有人注意她們。此即所謂「多情卻被無情

惱」。其實這首詞寄寓了蘇東坡仕途的失意，以及懷才不遇的惱恨之情。蘇東坡寫完這首詞，便讓王朝雲溫酒來喝，並叫她唱一曲自己新寫的這首《蝶戀花》。

朝雲頓開歌喉將要唱時，眼淚簌簌地落滿了衣襟。蘇東坡問她是什麼緣故，她說：「我唱不出『枝上柳綿吹又少，天涯何處無芳草』這兩句啊！」

蘇東坡立刻領會了，抑止住淒涼的情緒，大笑著說：「啊，我正在悲秋，而妳又在傷春啦！」於是便不叫她唱了。

王朝雲非常喜歡「枝上柳綿吹又少，天涯何處無芳草」這兩句，每每唱到這兩句，她都淚濕衣襟。

王朝雲的身體越來越差了，她在家平日不是熬藥就是念經。但是，草藥和佛法都沒能挽救王朝雲的生命，到了宋哲宗紹聖三年七月十五日，她隨蘇東坡來到惠州還不到兩年，便在顛沛流離中死去了，死時年僅三十四歲。她在臨死時還念著「枝上柳綿吹又少，天涯何處無芳草」這兩句詞。

對於王朝雲的死，蘇東坡真是悲痛欲絕，蘇東坡因她生前對自己體貼周到，毫無怨言地跟著他貶官各地，最後不幸病死，當然非常傷心。從此以後，他就不再聽人唱這首詞了。

這首詞是一首感歎春光流逝、佳人難見的小詞，詞人的失意情懷和曠達的人生態度於此亦隱隱透出。首句「花褪殘紅青杏小」，既點明春夏之交的時令，也揭示出了春花殆盡、青杏始生的自然景象。「燕子」二句，既交代了地點，也描繪出這戶人家所處的環境。空中輕燕斜飛，舍外綠水環

繞，何等幽美安詳！

「枝上」二句，先抑後揚，在細膩的景色描寫中傳達出詞人深摯曠達的情懷。柳絮漫天，芳草無際，最易撩人愁思，一「又」字，見得謫居此地已非一載矣。「天涯何處無芳草」，表面似乎只是說天涯到處皆長滿茂盛的芳草，春色無邊，實則是說只要隨遇而安，哪裡不能安家呢？

「牆裏秋千」三句，用白描手法，敘寫行人（自己）在「人家」牆外的小路上徘徊張望，只看到了露出牆頭的秋千架，牆裏傳來女子盪鞦韆時的陣陣笑聲。詞人至此才點出自己的身分是個「行人」，固然是指當下自己是這「綠水人家」牆外的過路人，詩人愛慕佳人，可是牆裏的佳人不理睬他。「天涯」如果是隱指惠州遠在天涯海角，則此處的與佳人一牆之隔而莫通款愫，不也是咫尺天涯嗎？尾二句是對佳人離去的自我解嘲。

牛郎與織女的愛情典故

鵲橋仙

——秦觀

纖雲弄巧，飛星傳恨，銀漢迢迢暗度。

金風玉露一相逢，便勝卻人間無數。

柔情似水，佳期如夢，忍顧鵲橋歸路。

兩情若是久長時，又豈在朝朝暮暮。

注　釋

- 纖雲：纖薄的雲彩。

- 弄巧：指雲彩在空中幻化成各種巧妙的花樣。

- 飛星：流星。一說指牽牛、織女二星。

- 銀漢：銀河。

- 迢迢：遙遠的樣子。

- 暗度：悄悄渡過。

- 金風玉露：指秋風白露。

- 忍顧：怎忍回視。

- 朝朝暮暮：指朝夕相聚。

纖細的彩雲在賣弄她的聰明才智，精巧的雙手編織出絢麗的圖案；隔著銀河的牛郎織女在等待著相見，暗暗傳遞著長期分別的愁怨。銀河啊，儘管你迢迢萬里邈無邊際，今夜，他們踏著鵲橋在銀河邊會面。

金色的秋風，珍珠般的甘露，一旦閃電似的相互撞擊便也會情意綿綿：哪怕每年只有這可憐的一次，也抵得上人間的千遍萬遍！攝魂奪魄的蜜意柔情，秋水般澄澈，長河般滔滔不斷；千盼萬盼盼來這難得的佳期，火一般熾熱卻又夢一般空幻。啊，怎能忍心回頭把歸路偷看——真希望喜鵲搭成的長橋又長又遠。只要兩個人心心相印——太陽般長久，宇宙般無限；儘管一年一度相聚，也勝過那朝朝歡會、夜夜相伴。

背景故事

這首詞描寫的是牛郎與織女的故事。傳說在很久以前，在大山深處住著一戶人家，老人們都死了，家裏只剩下兄弟倆。老大娶了媳婦，這媳婦心腸狠毒，總想把老二排擠出去，而獨佔父母留下的家業。她找了個藉口，要和老二分家。

老二是個有骨氣的人，說分家就分家，什麼家產也沒要只要了父母留下的那頭老黃牛，嫂嫂很高興。於是，第二天，老二就趕著牛離開了家。

走到一座山下，天色已經很晚了。老二想，乾脆就在這裡住下吧！他砍了好多樹枝，在山坡上搭了一個棚子，就和老黃牛在這兒落戶了，他和老黃牛相依為命，靠種地養活自己，於是大家給他取了個名字叫他「牛郎」。

說來也奇怪，老黃牛在一天夜裏給牛郎托了個夢，夢裏對牛郎說：「到明天午時三刻，我要回天庭去了。我走之後，你把我的皮剝下來，等到七月七日那天，把它披在身上，你就能夠上天了。王母娘娘有七個女兒，那天她們都會到天河裏去洗澡。記住，那個穿綠衣裳的仙女就是你的妻子。你千萬不要讓她們看見你，等她們都到了水裏，你抱了綠色的衣裳就往回跑，她一定會去追你。只要你回了家，她就不會走了。」

牛郎醒來果然看見老黃牛死了，十分傷心，他按照夢裏的囑託剝下牛皮，把牛的屍體掩埋起來。

七月初七那天，牛郎按照老黃牛在夢裏的說法來到天河邊，果然看見七仙女們在天河沐浴。他抓起綠色的衣服，一口氣跑回家。那個穿綠衣的仙女也跟著追到了他家。

綠衣仙女是王母娘娘的第三個女兒，她看到牛郎雖然家裏很貧困，卻心地很好，也很勤勞，就決定留下來和他一起生活。因為她織布的技術很好，就每天織布，大家也給她取了個名字叫她「織女」。牛郎和織女一個種地，一個織布，過著幸福的生活。幾年以後，他們有了一對兒女。

不幸的事情發生了，天上的王母娘娘知道了這件事情，

非常氣憤，就趁牛郎不在時把織女抓走了。牛郎回家看妻子不見了，就知道是王母娘娘來過了。他立刻把兒女裝進籃筐，挑上擔子，披上牛皮追上天去。眼看就要追上了，王母娘娘轉過身，用頭上的簪子在身後一劃，劃出了一條大河，牛郎和孩子無法過去了。一家人隔著天河痛哭流涕。

憤怒的王母娘娘看到這種場面心也軟了，決定成全他們，就准許他們每年七月初七見一次面。據說到了那一天，所有的喜鵲都會銜來樹枝，幫他們在天河上搭起一座橋，牛郎和織女就在「鵲橋」上相會。「七夕節」就是這麼來的。有些地方到現在，都還保留著女孩在「七夕」那天祭花神「乞巧」的習俗，希望天神能夠讓她們找到如意郎君。

秦觀的這首《鵲橋仙》正是為詠牛郎、織女的愛情故事而創作的。

上片寫佳期相會的盛況，下片則是寫依依惜別之情。這首詞將抒情、寫景、議論融為一體。否定了朝歡暮樂的庸俗生活，歌頌了天長地久的忠貞愛情。

上片以「金風玉露一相逢，便勝卻人間無數」抒發感慨，下片詞人將意思更進一層，道出了「兩情若是久長時，又豈在朝朝暮暮」的愛情真諦。此詞熔寫景、抒情與議論於一爐，敘寫牽牛、織女二星相愛的神話故事，賦予這對仙侶濃郁的人情味，謳歌了真摯、細膩、純潔、堅貞的愛情。詞中明寫天上雙星，暗寫人間情侶；其抒情，以樂景寫哀，以哀景寫樂，倍增其哀樂，讀來盪氣迴腸，感人肺腑。

尤其是詞的最後經典的兩句:「兩情若是久長時,又豈在朝朝暮暮!」這兩句詞揭示了愛情的真諦:愛情要經得起長久分離的考驗,只要能彼此真誠相愛,即使終年天各一方,也比朝夕相伴的庸俗情趣可貴得多。這兩句感情色彩很濃的議論,與上片的議論遙相呼應,這樣上、下片同樣結構,敘事和議論相間,進而形成全篇連綿起伏的情致。這種正確的戀愛觀,這種高尚的精神境界,遠遠超過了古代同類作品,是十分難能可貴的。

031

品味宋詞 下

多情郎填詞寄語癡情女

石州慢（薄雨收寒） ——賀鑄

薄雨收寒，斜照弄晴，春意空闊。

長亭柳色才黃，倚馬何人先折？

煙橫水漫，映帶幾點歸鴻，平沙銷盡龍荒雪。

猶記出關來，恰如今時節。

將發，畫樓芳酒，紅淚清歌，便成輕別。

回首經年，杳杳音塵都絕。

欲知方才，共有幾許新愁？

芭蕉不展丁香結。憔悴一天涯，兩厭厭風月。

注　釋

- 倚馬：倚馬之人，指將要遠行的人。
- 何人先折：送行者誰先折柳相贈。
- 平沙：沙漠地帶。
- 龍荒：塞外荒遠之地。
- 紅淚：原指泣盡而繼之以血。此處指和著胭脂的淚水。
- 方寸：心。

- 「芭蕉」句：芭蕉葉捲而不舒，丁香花蕾叢生。喻愁悶難以開解。
- 一天涯：即天各一方。
- 厭厭：通「懨懨」，憂愁苦悶的樣子。

譯文

　　一場小雨，塞外的寒氣稍有收斂，夕陽掛在天邊，帶來了一片晴朗，春意顯得空曠而闊大。長亭邊的柳條剛剛露出嫩黃，不知何人在這裏送別時已先折下。煙靄橫空，春水溶溶，水天間飛過幾隻大雁，荒原上的白雪已經融化。還記得當初出關北上，也正是如今這個時節。

　　回想與你分手的時候，你在畫樓中設宴送別，兩行紅淚在腮，一曲清歌嗚咽，就這樣輕易地相隔天涯。回首往事已經一年，這期間彼此隔絕，無緣訴說情話。要知道我心中有多少新愁，恰如那捲而不舒的芭蕉葉和花蕾叢生的丁香花難以開解。你我天各一方同憔悴，風月為憑，深知兩地相思，兩地牽掛。

背景故事

　　北宋詞人與歌妓們的關係非常親密，賀鑄跟一名歌妓的關係十分要好；兩人相約只要賀鑄的官運較為亨通，生活也較為安定時，他就去接這美人過來成親。

　　但賀鑄卻為他那艱苦的生活一再奔波著，所以他倆的情

緣也就一時難得有著落，賀鑄也沒有能力帶著她遠走高飛。況且時光不待人，這樣很快地便過去了若干年；這多情重義的美女很想念賀鑄，於是她便寫了一首七言絕句托人捎給賀鑄：

> 獨倚危闌淚滿襟，小園春色懶追尋。
> 深恩縱似丁香結，難展芭蕉一寸心！

　　接到這首詩的賀鑄，不由得一讀再讀，真是百感交集。而且更為難得的，美人因思念他竟把一切遊玩都看淡了；而他當時的深恩現在都化成了她難以言狀的苦痛。

　　但他也不是不想跟她相親相愛地度過一生，只是他現在官做得並不順心不說，而且他一直僅是一個小官，還時不時地受到上級的無端刁難和同僚的排擠，那心情真可謂壓抑之極。

　　讀完她這詩的賀詞人自然更覺得辜負了她當年對自己的深切期望，並深為不安起來。而此時，深諳詞曲格律的賀鑄遂照著美人這份好意，以及她詩作中的語詞，填寫了一闋詞牌名為《石州慢》的詞，然後含著熱淚寄予她，以作為自己近年來無奈心意的表白。

　　這美人一再吟誦著賀鑄這首絕妙好詞，頓時惆悵不已。因為她越是往下讀，便越是禁不住淚流滿面了；她明知摯愛自己的心上人賀鑄，現在正承受著淒涼歲月的煎熬。既然如此，那他們當初的計劃還有什麼希望呢？

　　賀鑄的這首詞雖然也是寫別情，但角度不同，且以追敘

結構表現。上片寫早春初晴的黃昏景色。開頭三句，先是雨收初寒，再是天氣放晴，最後春意空闊。然後移景至長亭，早春不見折柳人。繼而再延至塞外，由關內至關外，由大地春回而至龍荒羈旅，情景逐層推進。

「猶記」二句，觸景生情，引入下片出關前的回憶和如今音塵都絕的悲歎。開頭直敘「將發」的情景。她對自己應該是純情真切，但終究一別幾年，音信全無。上片寫北國早春景物。「薄雨」二句以薄雨、斜照之意象組合成一幅北國早春雨後斜陽、春意空闊之境。

「長亭」二句插入長亭送別，遠客折柳，乃詞人見北國早春柳色才黃，頓時閃現出當初離別京師，出關赴任，折柳送別情景。「煙橫」三句寫詞人遠望暮靄煙雲橫空彌漫於長河水際，幾點歸鴉映帶其間，荒原積雪已被東風消融，更具體地展現出北國早春的荒野和蒼茫。「猶記」二句勾聯今昔，觸發對京都戀人的懷思。前面一路寫景，到此一筆打住，上片的煞尾，實屬全詞脈絡的關鍵。

下片由寫景轉入敘事。回憶京都戀人送別情景：她備好酒宴為我餞行，流著傷心的淚水，唱著哀怨的歌曲。「便成輕別」感慨離別經年，音訊渺茫。「欲知」五句寫突接京都戀人詩篇，抒發相思。這首詞從眼前追憶過去，從過去回到現在，想到日後，並且極其巧妙地把時間遷移和內心的活動，交織在寫景、敘事、抒情之中，餘味無窮。

自古多情傷離別

玉樓春 　　　　　　　　　　　　——歐陽修

尊前擬把歸期說，未語春容先慘咽。
人生自是有情癡，此恨不關風與月。
離歌且莫翻新闋，一曲能教腸寸結。
直須看盡洛城花，始共春風容易別。

- 尊前：筵席上。尊，同樽，酒杯。
- 春容：青春的容貌。
- 有情癡：因情感豐富而做出俗人以為是發癡的行為。
- 風與月：這裏是風辰月夜或風花雪月的意思。
- 翻新闋：另譜新曲。
- 直須：應當。

筵席上，我原打算把歸期對你說，不料話未出口，你那

青春的容貌，已是先自惨澹嗚咽。人生本是癡情種，這種感情，並不關風花雪月。在這離別的筵席上，千萬不要再譜唱新曲了，隨便一支什麼歌曲，都能叫人愁腸欲斷。應當把洛陽城的牡丹花盡情地欣賞個夠，才容易同洛陽的春風話別。

背景故事

　　這首詞是作者在離開洛陽的筵席上，面對和他深情相愛的女子抒發的一種對人生感情的看法，在委婉的抒情中表達了人生的哲理。

　　人生有悲歡離合，「有情癡」往往為此而忘情，做出一些看上去不合情理的「傻事」，這正是人有豐富的感情所致，和自然界的風花雪月是沒有關係的。

　　據說，這位風塵女子與歐陽修的相識十分偶然。那是在一位朋友的歡宴上，那位朋友請來這位女子在宴席上唱曲。婉轉的歌喉，動人的姿容，特別是那一低首、一顰眉的嬌羞，再加上不幸的身世，很使歐陽修動心。

　　隨後，歐陽修便與這位女子有了交往。公務之餘，歐陽修多次約她在府中為他輕歌曼舞，也經常帶她去赴朋友的宴會。幾年的交往，使他們感情日篤。此時，他們要離別了，歐陽修要動身到別處去。

　　在送別的宴會上，歐陽修心裏十分明白，這一次離開洛陽，不知道什麼時候才能再回來，說不定這就是最後的分手了。

但是為了安慰這位女子，歐陽修忍著別離之苦，仍然虛構了一個回來的日期，以免她過分地悲傷。不料這話還沒有說出口，那位女子早已猜出了他的心思。看著她那淒慘的、說不出話的表情，分明已知道這是最後的一面，歐陽修只好把要說的假話咽了回去。

此時的歐陽修雖是條漢子，但也是愁腸百結。人生難得幾知己，特別是自己為官多年，官場的險惡，仕途上的風雨，已令他身心交瘁，新朋舊友離去的離去，謝世的謝世，現在就這麼一位紅顏知己也要分別了。

自古以來就是這樣，生離死別最苦也。再說些什麼呢？歐陽修最後的話，也許能減輕那位女子的痛苦，他說：「我們相處這段時間，情投意合，這正如把洛陽城裏城外的牡丹都觀夠賞足了，人也就容易與洛陽的春風分手了。」

說罷，他依依不捨地起身而去。

這首詞開端的「尊前擬把歸期說，未語春容先慘咽」兩句，是對眼前情事的直接敘寫，同時在其遣辭造句的選擇與結構之間，詞中又顯示出了一種獨具的意境。

「尊前」，原該是何等歡樂的場合，「春容」又該是何等美麗的人物，而在「尊前」所要述說的卻是指向離別的「歸期」，於是「尊前」的歡樂與「春容」的美麗，乃一變而為傷心的「慘咽」了。在這種轉變與對比之中，隱然見出歐公對美好事物之愛賞與對人世無常之悲慨二種情緒，以及兩相對比之中所形成的一種張力。

在「歸期說」之前，所用的乃是「擬把」兩個字；而在「春容」、「慘咽」之前，所用的則是「未語」兩個字。

此詞表面似乎是重複，然而其間卻實在含有兩個不同的層次，「擬把」仍只是心中之想，而「未語」則已是張口欲言之際。二句連言，反而更見出對於指向離別的「歸期」，有多少不忍念及和不忍道出的婉轉的深情。

至於下面二句「人生自是有情癡，此恨不關風與月」，是對眼前情事的一種理念上的反省和思考，而如此也就把對於眼前一件情事的感受，推廣到了對於整個人世的認知。此二句雖是理念上的思索和反省，但事實上卻是透過了理念才更見出深情之難解。

而此種情癡則又正與首二句所寫的「尊前」、「未語」的使人悲戚嗚咽之離情暗相呼應。所以下片開端乃曰「離歌且莫翻新闋，一曲能教腸寸結」，再由理念中的情癡重新返回到上片的樽前話別的情事。

末二句卻突然揚起，寫出了「直須看盡洛城花，始共春風容易別」的遣玩的豪興。在這二句中，他不僅要把「洛城花」完全「看盡」，表現了一種遣玩的意興，而且他所用的「直須」和「始共」等口吻也極為豪宕有力。然而「洛城花」卻畢竟有「盡」，「春風」也畢竟要「別」，因此在豪宕之中又實在隱含了沉重的悲慨。

一詞聯姻緣

鷓鴣天

——宋祁

畫轂雕鞍狹路逢。一聲腸斷繡簾中。
身無彩鳳雙飛翼，心有靈犀一點通。
金作屋，玉為籠。車如流水馬游龍。
劉郎已恨蓬山遠，更隔蓬山幾萬重。

注　釋

- 畫轂雕鞍：轂，車輪中心，有窟窿可插軸的部分。雕鞍，雕花的馬鞍。畫轂雕鞍，指華麗的車馬。

- 身無二句：語出唐李商隱《無題》詩。靈犀，古時認為犀是神異之物，用其角來互表心意，因為犀牛角中心的髓質像一條白線上下相通。這兩句是説，彼此的身分地位不同，但卻心心相印，情意相通。

- 金作屋兩句：指意中人華美的居室。

- 劉郎：代指追求愛情幸福的男兒，或女人心目中的戀人。蓬山：傳說的東海三座仙山之一。此代指意中

人居住之處。

名貴精美的車馬狹路相逢，惹人腸斷的一聲呼叫出自繡簾中。我雖然沒有像彩鳳一樣翔翔的一雙羽翼，卻與她像有靈異的犀牛角一樣，心中自有一線相通。黃金砌造了她深居的宮闈，美玉製作了她宮闈裏的窗櫺。宮車好似流水，健馬有如長龍。天臺豔遇女仙的劉晨曾遺恨蓬萊太遙遠，我與她更是相隔著蓬萊仙境幾萬重。

背景故事

北宋著名文學家宋祁在二十四歲那年，他與哥哥宋郊一起以布衣的身分遊學安州。爲了能儘早進入仕途，宋祁把自己最得意的詩文獻給安州太守夏竦，以便求得他的引薦。夏竦看過詩後，稱讚不止，而且斷言，宋祁「必中甲科」。

果不出夏竦所料，兩年後，宋仁宗天聖二年，二十六歲的宋祁和他的哥哥宋郊雙雙中進士，都以詞賦高第，而宋祁尤爲突出，被仁宗封爲工部尚書、翰林學士承旨，一時兄弟倆名震京都。人們爲了區分他們兩人，稱宋祁爲「小宋」，他的哥哥爲「大宋」。從此，他們開始了仕宦生涯。

不久後的一天，宋祁在路過繁台街時，恰巧遇到皇宮中的車子經過這裏。小宋定睛一看，車上描龍畫鳳，鑲金嵌玉，熠熠生輝。那一輛輛彩車魚貫而過，彷彿一條巨龍在水

中游動。宋祁正看得眼花繚亂時，只聽得車內有人清脆地喊了一聲「小宋」，他抬頭細看，呀，是個年輕貌美的女子，她用手掀起繡花簾子，對著自己嫣然一笑。他想揮手致意，車隊已過，他望著遠去的車影，有如隔海遙看蓬萊仙山一般。回到家裏，他激情難抑，揮筆寫了這首《鷓鴣天》詞。

這首詞，思情切切，只求心相通，成就好姻緣。上片回憶途中相逢，下片抒寫相思之情。詞一寫出，便在京都廣爲傳唱，後來又傳到宮中，仁宗皇帝也知道了這首《鷓鴣天》。他覺得很是有趣，並真認爲那位宮女對宋祁有傾慕之心，便發了慈悲之心，決定成全他們的好事。

於是，傳話後宮，尋找那位直呼「小宋」的宮女。宮女見皇帝尋問便道出實情。仁宗皇帝大喜，即開御宴，宣詔宋祁進宮，親自將宮女許配給他爲妻。仁宗看到宋祁，風趣地對他說：「你才華出眾，有口皆碑，今天蓬山不遠，就把此女許配給你吧！」

賦佳詞贈別夫君

一剪梅

——李清照

紅藕香殘玉簟秋。輕解羅裳，獨上蘭舟。
雲中誰寄錦書來？雁字回時，月滿西樓。
花自飄零水自流。一種相思，兩處閒愁。
此情無計可消除，才下眉頭，卻上心頭。

注　釋

- 紅藕：紅色的荷花。
- 玉簟：光滑如玉的竹席。簟，席的美稱。
- 蘭舟：即木蘭舟，舟的美稱。
- 錦書：來自於前秦蘇若蘭織錦回文詩，書信的美稱。
- 雁字：秋天大雁群在高空飛行，常結陣排成「一」字或「人」字。
- 回：秋天雁回，相傳雁能傳書。
- 末三句出自范仲淹《御街行》：「都來此事，眉間心上，無計相回避。」

初秋天氣，荷花已經凋殘，竹席已覺冰涼，換了單薄的羅裳，獨上蘭舟。翹首企望雲中會飄下書信來，可是只見雁群列隊而過。圓月把皎潔的月光灑滿西樓，讓人倍感孤寂和惆悵。落花隨水漂流，丈夫不在身邊，彼此共同的思念，卻分作兩地的煩惱。這種愁情無法排遣，剛從緊蹙的眉頭上消除，反倒又襲上心頭。

背景故事

李清照，號易安居士，濟南章丘人，宋代傑出的女詞人。李清照生於書香門第，父親李格非精通經史，長於散文，母親王氏也知書能文。在家庭的薰陶下，她小小年紀便文采出眾。

李清照對詩、詞、散文、書法、繪畫、音樂，無不通曉，而以詞的成就為最高。李清照的詞委婉、清新，感情真摯。李清照的文學創作具有鮮明獨特的藝術風格，居婉約派之首，對後世影響較大，在詞壇中獨樹一幟，稱為易安體。

那年夏天，在池塘邊，柳樹下，新婚不久的學者趙明誠，正與心愛的妻子李清照話別。

這時，李清照把一塊疊好的錦帕塞到趙明誠的衣袋裏，悄聲地說：

「如果想我了，就拿出來看一看吧！」

趙明誠收好錦帕，依依不捨地與愛妻分別，慢慢上路了。

趙明誠少年時便博學多才，風流倜儻，頗得妙齡少女們的青睞。但他卻沒有把那些漂亮的大家閨秀、小家碧玉看在眼裏，一心想找一位才女做自己的妻子。

說來還有一個十分有趣的故事，那次他夢見自己讀到了一部十分奇異的書，當他醒來後只記住了書中的三句話：

言與司合，安上已脫，芝芙草拔。

趙明誠怎麼也想不出其中的奧妙，便請父親爲自己解夢。趙明誠的父親見多識廣，博學多藝，於是爲他解夢說：

「『言』與『司』合起來是個『詞』字，『安上已脫』是『女』字，『芝芙草拔』就是把這兩個字的草字頭去掉，是『之夫』二字，把這幾個字合起來，就是『詞女之夫』，這就表明你將來要娶個善於文詞的妻子啊！」沒過幾年，趙明誠果然娶了一位不同凡響的女子，她就是中國歷史上傑出的女詞人李清照。

李清照自從與趙明誠結婚之後，夫妻恩愛，生活得非常美好，但美中不足的是，婚後的趙明誠經常外出，這讓婚後的李清照增加了許多孤獨之苦，尤其是分別之後獨守空房的李清照，對離別之後的相思之愁、思念之苦，有著極爲深刻的體會。

這次趙明誠外出求學，兩人不知又要何時才能相聚。

據說趙明誠與李清照分別後，心裏也是掛念不已，他想起李清照曾在自己的衣袋裏放進一塊錦帕，便馬上拿出來觀

看。他一看，原來錦帕上寫著一首《一剪梅》詞，他認得這是妻子李清照的筆跡，便細細地讀了起來。讀後大喜，連連稱讚愛妻的才學之高遠在自己之上。

就是帶著這塊錦帕，由這首《一剪梅》詞陪伴著，趙明誠完成了學業，走上仕途，一直到他去世時，仍把它珍藏在身邊。

李清照的這首《一剪梅》是一首傾訴相思、別愁之苦的詞。「紅藕香殘玉簟秋」，首句詞人描述與夫君別後，目睹池塘中的荷花色香俱殘，回房欹靠竹席，頗有涼意，原來秋天已至。詞人不經意地道出自己滯後的節令意識，實是寫出了她自夫君走後，神不守舍，對環境變化渾然無覺的情形。「紅藕香殘」的意境，「玉簟」的涼意，也襯托出女詞人的冷清與孤寂。

此外，首句的語淡情深，如渾然天成，不經意道來。「獨上蘭舟」，不僅無法消除相思之苦，反更顯悵惘和憂鬱。「雲中誰寄錦書來？雁字回時，月滿西樓。」女詞人獨坐舟中，多麼希望此刻有雁陣南翔，捎回夫君的書信。而「月滿西樓」，則當理解為他日夫妻相聚之時，臨窗望月，共話彼此相思之情。另外，「月滿」也蘊含夫妻團圓之意。這三句，女詞人的思維與想像大大超越現實，與首句恰形成鮮明對照。表明了詞人的相思之深。

下片「花自飄零水自流」，詞人的思緒又由想像回到現實，並照應上片首句的句意。眼前的景象是落花飄零，流水

自去。由盼望書信的到來，到眼前的抒寫流水落花，詞人無可奈何的傷感油然而生，尤其是兩個「自」字的運用，更表露了詞人對現狀的無奈。

「一種相思，兩處閒愁」，此句描寫詞人自己思念丈夫趙明誠，也設想趙明誠同樣在思念自己。末三句，「此情無計可消除，才下眉頭，卻上心頭。」詞人以逼近口語的詞句，描述自己不僅無法暫時排遣相思之情，反而陷入更深的思念境地。兩個副詞「才」、「卻」的使用，很真切形象地表現了詞人揮之不去、無計可消除的相思之情。

因詞與愛妾同行

鳳簫吟（鎖離愁）　　　——韓縝

鎖離愁，連綿無際，來時陌上初熏。

繡帷人念遠，暗垂珠露，泣送徵輪。

長行長在眼，更重重、遠水孤雲。

但望極樓高，盡日目斷王孫。

消魂，池塘別後，曾行處，綠妒輕裙。

恁時攜素手，亂花飛絮裏，緩步香茵。

朱顏空自改，向年年、芳意長新。

遍綠野、嬉遊醉眼，莫負青春。

注　釋

- 陌：古人稱南北小路為阡，東西小路為陌。陌上，泛指小徑。

- 初熏：謂田間的花草開始散發出清香。熏，通「薰」，香氣。

- 繡帷：錦繡的帷幔。此處指女子所居的閨房。

- 徵輪：出行人的車輪。代指人遠行。

- 長行：遠行。
- 長在眼：久久地映在眼中。意謂目送行人，不願心上人
  的影子消失在眼簾之中。
- 目斷王孫：指目送離去的人，直到望不見為止。王孫，
  對貴族子弟的通稱。
- 綠妒輕裙：謂女子款款而行，輕拂的裙子令青草產生妒
  意。
- 恁時：那時。恁（認），唐宋時的俗語。
- 素手：少女白嫩的手。
- 香茵：芳香的草地。

鎖住那別恨離愁，眼望這連綿無際的芳草，我來時才剛
剛發芽。錦帳中她為我將遠行暗自垂淚，哽哽咽咽地為我送
行。不論我走出多遠，我的影子總像在她的眼中，無奈那重
重高山，迢迢綠水，片片白雲，終於將她的視野攔截。她執
意地登高遠眺，然而望穿雙眼，也無法再見到我的身影。此
情此景，真讓人魂銷心裂。想當年池塘邊與她同遊，她曾經
走過的地方羅裙輕擺，竟使得碧草都產生了妒意。那時我挽
著她白嫩的手，在落英繽紛、柳絮濛濛之中，信步徜徉在如
茵的綠草地。年華最是難留住，空對著年年春去春來，芳草
萋萋。看眼前碧野連天，我只能醉眼朦朧地忘情遊戲，不辜
負人生難得的數載青春。

韓縝字玉汝，北宋時期詞人，和其他讀書人一樣，他靠科舉考試而踏上仕途。此人生性暴躁，據說他在秦州做官時，有一次夜晚設宴招待客人，宴會結束後他就回家了。沒想到的是有位客人卻跟著他進入了內室，還跟他的侍妾打了個照面，他極爲惱火，當場竟拿著鐵裏杖把那人給打死了。由此可見其性格火暴而又豪蕩的一面，然而這種火爆脾氣的人卻也能寫出柔情的佳作。

神宗元豐年間，當時作爲外交使節的韓縝，奉命要到西夏國去談判邊界劃分事宜。出行前夕，他就跟愛妾劉氏整夜喝酒作樂，因爲他們知道這次出使西夏的兇險，由於宋朝國力在當時已經衰落，而西夏國的國力正趨於強盛的發展狀態，所以他很有可能就被扣留，甚至他還會跟對方因國家的權益之爭而遭受殺身之禍。因此，這次與愛妾分手，很可能就是永別，想到自己生死未卜，又要與愛妾馬上分離，他十分傷感，於是對愛妾吟起了一首題爲詠芳草的《鳳簫吟》詞。

這愛妾一再吟誦著丈夫的這首絕妙好詞，頓時淚流滿面；兩人繼續飲酒，等到天色一明，他便踏上了遠赴西夏的征途。然而令人深感奇怪的是，神宗忽然命人趕快把他的愛妾接來，然後又使人讓她收拾一應行李並乘快車去追韓縝，這讓人們很不理解其中緣由。

時間一久，人們才瞭解到神宗之所以這樣做，是由於他

在宮中聽到了如下詞句的緣故：

香作風光濃著露。正愒雙棲，又遣分飛去。

密訴東君應不許，淚波一灑奴衷素。

這是《蝶戀花》雙調詞中的一闋，正是韓縝的愛妾所寫；而其中的「東君」，就是代指神宗。原來，臨行前夕的凌晨韓縝寫詞贈別愛妾時，他的愛妾也是十分的感傷，便寫了《蝶戀花》詞來回答。誰知這首詞竟然被廣為傳誦，該詞傳到了皇宮裏。

神宗獲讀後，深深同情他們的夫婦感情，並想到自己應該有成人之美，便當即做出決定：派專人送她跟隨韓縝一同去西夏。這在封建社會裏，對韓縝來說也是極為難得了。

韓縝的那首是詠芳草、抒離愁之作。上片寫離別愁緒，「鎖離愁」三句從詞人遠行寫起，以「暗垂珠露」點染別情。「長行」二句複寫行人，「但望極」再寫愛姬念遠登樓，終日目斷勞神之苦況。

下片以「銷魂」領起，轉寫別後相思、期願。「池塘」二句言池畔漫步之處，而今芳草無人踐踏，必定格外茂盛蔥綠，連翠裙也生出妒意，曲折傳達愛妾睹芳草而生妒怨的閨愁。

「恁時」三句寫詞人期望「攜素手」重溫漫步花茵之情樂。「朱顏」二句複寫愛妾之歎朱顏因愁思而空自憔悴，竟不及芳草之年年春色長新，借「芳意長新」反襯朱顏閨怨。最後「遍綠野」二句將詞人與愛妾雙挽，唯願愛侶團圓，趁

青春遊嬉、陶醉於芳草綠野之中，遠行之際故作此曠達語以慰藉愛妾，且以自釋離愁，透出未來之歡欣。

這首詞借連綿芳草以訴離愁纏綿不盡，全詞不著一「草」字，卻幾乎句句詠芳草，處處寫離情；且語言清雅明麗，哀婉有致，意境溫情綿綿，深沉真摯，全無半點「暴酷」之氣。真可謂「自古丈夫亦多情」，文如其人。

有情人重逢後喜得佳作

鷓鴣天（彩袖殷勤捧玉鍾）

——晏幾道

彩袖殷勤捧玉鍾，當年拚卻醉顏紅。
舞低楊柳樓心月，歌盡桃花扇底風。
從別後，憶相逢，幾回魂夢與君同。
今宵剩把銀釭照，猶恐相逢是夢中。

注　釋

• 玉鍾：玉製的酒杯。

• 拚卻醉顏紅：全然不顧酒醉面紅。拚（盼），甘心。

• 「舞低楊柳」二句：意謂整個春天裏縱情歌舞，通宵達
　　　旦。扇底，歌扇中。古人跳舞時多持扇，故云。

• 銀：銀燈。此句意謂只管用燈照來照去。

• 「猶恐」句：難以相信自己的眼睛，生怕這次的相逢又
　　　是在夢中。

譯文

　　你衣著豔麗，手捧玉盅為我敬酒。在你面前，我何惜開懷暢飲，全不顧臉上因喝酒而泛起的紅暈。楊柳環抱的樓上你翩翩的舞姿使月兒都俯下身子，畫著桃花的扇子輕展輕搖，風兒也凝止不動，靜靜傾聽你婉轉的歌聲。

　　自從與你分別以來，時時回憶起初次相逢的時候。多少次在睡夢中又與你相攜素手。今天我高舉銀燈把你照來照去，真怕這難得的相聚是在做夢啊！

背景故事

　　晏幾道終生仕途坎坷，生活潦倒，於是他便把情感寄託在女子的身上。在他年輕的時候，有這樣一個故事。

　　這一天，他從外地歸來，心中總有一種十分奇特的感覺，以為有什麼人在等候他。果然，他剛一踏進家門，便聽到樓上傳來親切的呼叫聲。他的情人早就聽說他要回來，於是每日來到他家中等待，今日兩人終於又相見了，彼此都非常開心。

　　隨著呼喚聲，情人走下樓來，上前挽住他的胳膊，眼中噙著淚水，默默地注視著他，然後去忙著設宴為他洗塵。

　　酒菜上來之後，情人為他在玉製酒杯中斟滿酒，雙手捧著遞過去，晏幾道接過玉杯，望著心愛的人兒，一飲而盡。

一杯、兩杯、三杯，晏幾道有幾分醉意了，他仔細打量著久別的情人，她還是那樣美麗動人，臉上始終掛著迷人的微笑。這不禁使他想起從前的一切，那時他們時常一起痛飲，因為她不僅美麗而且非常的體貼人，這讓晏幾道異常高興，每日都是喝得大醉。

喝醉後，他們便攜手起舞，對月放歌，盡情而歡。直到第二天曉光現出，天快亮了，還沒有盡興。是啊，分別的時候，思念太深，只有在夢中才能相逢，今天終於見面了，難道又是在夢中嗎？

情深意濃，晏幾道沉浸在歡樂的氛圍中，看看情人，想想以前的歌舞生平，他有些陶醉，興奮之餘，晏幾道展紙揮毫，一氣寫下了一首《鷓鴣天》詞。

這首詞上片敘寫當年歡聚之時，歌女殷勤勸酒，自己拚命痛飲，歌女在楊柳圍繞的高樓中翩翩起舞，在搖動繪有桃花的團扇時緩緩而歌，直到月落風定，真是豪情歡暢，逸興遄飛。

下片敘寫久別重逢的驚喜之情。「銀」即是銀燈；「剩」，只管。末二句從杜甫《羌村》詩「夜闌更秉燭，相對如夢寐」兩句脫化而出，但表達更為輕靈婉轉。這是因為晏幾道作此詞是在承平之世，而久別重逢的對象亦是相愛的歌女，情況不同，則情致各異。

詞中說，在別離之後，回想歡聚時境況，常是夢中相見，而今果真的相遇了，反倒疑是夢中。情思委婉纏綿，辭

句清空如話，而其妙處更在於能用聲音配合之美，造成一種
迷離惝恍的夢境，有情文相生之妙。

綠頭鴨 · 詠月

—— 晁元禮

晚雲收，淡天一片琉璃。

爛銀盤、來從海底，皓色千里澄輝。

瑩無塵、素娥淡佇，靜可數、丹桂參差。

玉露初零，金風未凜，一年無似此佳時。

露坐久、疏螢時度，烏鵲正南飛。

瑤台冷，闌杆憑暖，欲下遲遲。

念佳人、音塵別後，對此應解相思。

最關情、漏聲正永，暗斷腸、花陰偷移。

料得來宵，清光未減，陰晴天氣又爭知。

共凝戀、如今別後，還是隔年期。

人強健，清尊素影，長願相隨。

注　釋

- 爛銀盤：形容中秋月圓而亮。
- 素娥：嫦娥的別稱。
- 淡佇：淡雅寧靜。

丹桂：傳說月中有桂樹，高五百丈。

玉露：白露，露珠。

金風：秋風。五行中秋屬金，故稱秋風爲金風。

譯　文

　　夜晚的時候，天上的雲彩都已經飄散，淡淡的天空出現一片琉璃的光彩。明亮皎潔的月亮從海底升起來了，光輝照耀千里。月亮是那麼的安靜而美麗，彷彿可以看見嫦娥佇立其中，桂樹來回搖擺。露水悄悄落下，秋風也並不寒冷，這是一年中最好的時節。靜靜地坐著，螢火蟲不時飛過，烏鵲向南邊飛去。

　　天氣漸冷，憑欄遠眺把欄杆都偎暖了，但是仍久久不願離去。想念佳人，自從分別之後，相思之情就纏繞著我，時光流逝，思念之情與日俱增，然而相會卻遙遙無期。想像明天的月夜，清光未必會減少，但是明天夜裏的天氣誰又能知道是什麼樣呢？之所以留戀今天的光景，是因為今天一別要一年之後才能相見。一杯清酒，對影而飲，只願能夠長相廝守。

背景故事

　　這首詞描寫中秋之夜的佳美月色，抒發無盡的懷人情思。全詞層次清楚，鋪敘精當；氣脈連絡貫穿，前後收放自如；意境清新，格調和婉；言辭清麗，情致綿綿。

詞中提及嫦娥，嫦娥的傳說是發生在中國遠古時期的一件事。有一年，天上同時出現了十個太陽，大地都被曬裂了，海水也枯竭了，老百姓眼看就無法生活下去了。

這件事讓一個名叫后羿的英雄知道了，他登上崑崙山頂，運足神力，拉開神弓，一口氣射下了九個太陽。

后羿因此立下了蓋世奇功，受到百姓的尊敬和愛戴，不少志士都慕名前來投師學藝。這時奸詐刁鑽、心術不正的蓬蒙也混了進來。

不久，后羿娶了一位美麗善良的妻子，名叫嫦娥。后羿除了傳藝狩獵以外，終日和妻子在一起，人們都羨慕這對郎才女貌的恩愛夫妻。

后羿在一次訪友求道的途中巧遇由此經過的王母娘娘，便向王母求得了一包不死藥。據說，服下此藥，即刻就能夠升天成仙。面對這種常人難有的機遇，后羿捨不得拋下自己的妻子，於是就把不死藥交給嫦娥珍藏。嫦娥將藥藏進梳粧檯的百寶箱裏，不料被蓬蒙看到了。

三天後，后羿率眾徒外出狩獵，心懷鬼胎的蓬蒙假裝生病，留了下來。等所有人都走了以後，蓬蒙手持寶劍闖入內宅後院，威逼嫦娥交出長生不死藥。嫦娥知道自己不是蓬蒙的對手，危急之時她當機立斷，轉身打開百寶箱，拿出不死藥一口吞了下去。

嫦娥吞下藥後，身子漸漸地飛向了天空，永遠地離開了地面。由於嫦娥牽掛著丈夫，便飛落到離人間最近的月亮上

成了嫦娥仙子。

　　傍晚，后羿回到家裏，侍女們向他哭訴了白天發生的事情。后羿既驚又怒，想抽劍去殺惡徒，但蓬蒙早已逃走了，氣得后羿對著天空大吼。悲痛欲絕的后羿，仰望夜空呼喚著愛妻的名字。這時他驚奇地發現，今天的月亮格外皎潔明亮，而且裏面有一個晃動的身影酷似嫦娥。

　　后羿急忙派人到嫦娥喜愛的後花園裏，擺上香案，放上她平時最愛吃的蜜食鮮果，遙祭在月宮裏眷戀著自己的嫦娥。

　　百姓們聽說嫦娥奔月成仙的消息後，紛紛在月下擺設香案，向善良的嫦娥祈求吉祥平安。從此，中秋節拜月的風俗便在民間流傳開了。

江山如畫，一時多少豪傑。

羽扇綸巾，談笑間，檣櫓灰飛煙滅。

故國神遊，多情應笑我，早生華髮。

悲情篇

每一個特定的時代，似乎
總會出現一些讓人傷懷的
事情，這些事情的進一步
深化便成為歷史上的悲劇，
有受封建禮數束縛的愛情
悲劇；也有愛國志士遭佞人
殘害致死的悲劇；更有大好
河山落入旁人之手的千古遺恨……
在這一幕幕的悲劇中，詞人用他們特有
的手法書寫著、紀錄著，留給後人深深的啟迪。

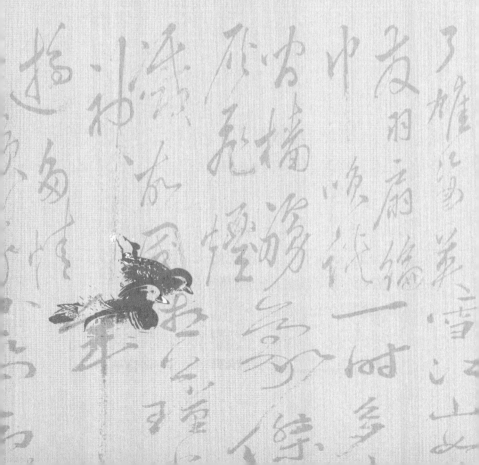

癡情女淚別負心郎

祝英台近

——戴復古妻

惜多才，憐薄命，無計可留汝。
揉碎花箋，忍寫斷腸句。
道旁楊柳依依，千絲萬縷，抵不住、一分愁緒。
如何訴。便教緣盡今生，此身已輕許。
捉月盟言，不是夢中語。
後回君若重來，不相忘處，把杯酒、澆奴墳土。

· 多才：宋元俗語，男女用以稱所愛的對方。

　　我是欣賞你的才華，可惜只是我自己沒有福分跟你在一
起結為夫妻，我沒有辦法把你留住。我想寫一首送別的詞給
你，但是我真不知道從何下筆，我寫了好幾次，好幾次都把
紙揉碎了，我怎麼忍心寫下這樣斷腸的詞句呢？要送你走，
你看那路旁柔絲飄拂的楊柳依依，「柳」有「留」的聲音，

可是千絲萬縷的楊柳也留不住你，而且那千絲萬縷的長條也抵不住我內心離別的愁緒。讓我怎麼說，我們的緣分從此中斷，當初我輕易地許身與你，你跟我結婚的時候，也曾經指天誓日，說過天長地久不相背負的，那不是夢中的語言，可是現在你畢竟已經結婚，你有家室，你要走了。如果你再一次回到這裏，如果沒有忘記我，還懷念我們當年的一段感情，你就拿一杯酒澆在我的墳墓上。

背景故事

　　在宋朝的時候，有一個叫戴石屏的人，他自幼勤奮好學，很年輕時便有了一定的名氣。不幸的是，因家庭變故而離鄉背井遠走他鄉，由於衣食不繼幾乎餓死在路上。恰巧在武寧這個地方遇到了一位家境富有的老人相救，才使他活了下來。

　　富翁喜愛他這出眾的才華，便把愛女嫁給了他，夫妻倆倒也很恩愛。在幸福和睦中，不覺二三年過去了，這一天，戴石屏向岳父提出要回故鄉去看一看。遊子離家多年，回去探望老鄉親是情理當然之事，妻子和岳父都十分理解。可是，戴石屏卻提出，他返回家鄉後再也不到武寧來了。聽了他的話，妻子萬分詫異，便追問這是為什麼？此時，戴石屏見實在無法隱瞞，就說出了真情。

　　原來，戴石屏以前在家鄉早已娶了妻子，現在妻子在家鄉一人生活。這富家女遂把這事告訴了她父親；老人一聽，

當即勃然大怒，覺得戴某無疑是欺騙了他們父女倆的感情。而富家女則在一旁婉轉地勸說著父親不要生氣，一邊又收拾著他的一應行裝，準備給戴石屏送行。她父親見女兒如此，也就不再吭聲地搖了搖頭，然後怒氣衝衝地往他所住的屋裏去了。

妻子在贈送了許多財物後，接著又填寫了一首《祝英台近》詞作爲臨別贈言送給戴石屏。戴石屏讀完這首詞後不覺兩眼含淚，羞愧得不敢再抬頭凝視著她了。

妻子勸慰他在路上可要多加小心，到家時替她向他夫人問好；他含著熱淚默默答應著。然而，就在戴石屏離開不久，這富家女就投水自盡了。

身爲階下囚的皇帝

虞美人
—— 李煜

春花秋月何時了，往事知多少？

小樓昨夜又東風，故國不堪回首月明中。

雕欄玉砌應猶在，只是朱顏改。

問君能有幾多愁，恰似一江春水向東流。

　　春天美麗的花朵，秋天皎潔的明月，一年復一年什麼時候才結束啊！多少悠悠的往事浮上了心頭。昨夜裏東風又吹起，春天來到汴京的小樓。不忍回首的故國啊，在如水的明月中牽惹出多少憂愁。

　　遙想遠方的故國，華美的宮殿應該還像以前那樣聳立在那裏。可人卻已經逐漸衰老了，臉上的顏色也變得不像以前一樣了。問君能有多少憂愁，就好像那一江奔湧的春水向東流去，連綿不斷啊！

西元975年，宋朝軍隊攻破金陵，南唐後主李煜被迫投降宋朝，過了兩年多如同囚犯般的屈辱生活。有一天，宋太宗把李煜的舊臣徐鉉召來，問他近來是不是見到過李煜，徐鉉答道：「沒有皇上的命令，我怎麼敢私底下見他啊！」宋太宗虛情假意地說：「你們君臣一場，應該經常去看看他才對啊！」

第二天，徐鉉專程來到李煜的住所。他走進屋內，只見後主身穿道袍，面容憔悴，兩眼流露出哀傷悲愁的神情。徐鉉上前叩拜，說：「臣下這次前來，只是為了敘敘舊情。」李煜見到昔日的愛卿，愁容上添了幾分喜氣，讓徐鉉入座後，他長長地歎了一口氣，無限感慨地說：「我真是後悔啊！以前只知道追求享樂，荒廢了國家大事，後來又錯殺了國家的忠臣，給國家帶來災禍啊！」

徐鉉聽了這話頗為緊張，怕他再扯國家興亡之事，引起宋太宗的懷疑，連忙用話岔開：「陛下最近又有什麼新的作品嗎？」李煜說：「唉，春去秋來，冬去春至，我是度日如年啊！大好的河山毀在我的手上，怎麼不讓我痛心難過呢？也不知道什麼時候才能結束這種階下囚的生活。」說著，聲音有些哽咽。過了一會兒，他拿出一張素箋，說：「近來我靠填詞度日，新近寫了一首《虞美人》。」接著，他激動地念了這首詞，徐鉉聽後也長歎了幾聲。

　　後來，宋太宗聽到了這首詞。宋太宗憤恨地說：「看來李煜亡國之心不死啊！」於是，就賜他「牽機藥」。李煜服後，毒性發作，痙攣而死。

　　春花秋月，原本是大自然賜予人類最美好的景觀，人們只嫌看不夠，賞不足。可此時李煜卻希望春花不要再開放，秋月不要再圓滿。這反常的心理正表現出李煜異常的生活境遇。因為一見到春花秋月，就想起了幸福的過去和歡樂的往事。回憶的往事越多，現實的悲哀就越沉重。見不到春花秋月，也許就少些對往事的回憶。

　　然而春花秋月，並不以他的意志為轉移，照樣週而復始地開放、升起，而東風又不期而至。自然的風月花草，無不激起他對南唐故國的深沉懷念：故國的江山依舊壯麗吧，宮殿的雕欄玉砌也還是那麼輝煌氣派吧？可是曾經擁有它的主人已是顏面喪盡、衰老不堪了啊！結句寫愁，已是千古名句。

　　這個比喻不僅寫出愁像江水一樣深沉，像江水一樣長流不斷，還寫出愁苦像春天的江水一樣不斷上漲。真是把人生的愁苦寫到了極致。

因詞作知生命將終結

千秋歲

——秦觀

水邊沙外，城郭春寒退。

花影亂，鶯聲碎。

飄零疏酒盞，離別寬衣帶。

人不見，碧雲暮合空相對。

憶昔西池會，鵷鷺同飛蓋。

攜手處，今誰在？

日邊清夢斷，鏡裏朱顏改。

春去也，飛紅萬點愁如海。

注　釋

- 城郭：城牆內外。
- 西池：即金明池，在汴京城西。
- 鵷鷺：古代常以鵷鷺喻百官，這裡是指品級相近的同僚。
- 飛蓋：疾行的車輛。

譯　文

早春時的寒氣從溪水邊城郭旁漸漸地退去了。花兒被微風吹得來回飄動，黃鶯輕輕地啼叫。遠謫他鄉無心飲酒，離別親人我漸漸變得憔悴。我所等待的人，遲遲未到。回想當年西池盛會，同僚成行，車輛列隊。可是如今，四方流散，又有誰在乎時光在飛快地流逝，鏡子裏面我的容顏已經憔悴，不知道什麼時候能再次回到朝廷，歲月在流逝，那紛紛落紅，引出的憂愁就如同大海一樣深啊！

背景故事

宋朝神宗時期，已是中年的秦觀在蘇軾等人的推薦下，考中進士，走上了官場。

秦觀先被朝廷派到海定去做了一個小官，接著又調到河南蔡州去做管理學校的官員。到了宋哲宗時期，蘇軾又與其他一些朋友向朝廷推薦秦觀，以期能使他受到朝廷的重用，為國家作些貢獻。可是，有些嫉賢妒能的人卻百般阻撓，蘇軾、秦觀等人最後沒能如願。

秦觀不甘久居人下，便又去應科舉考試，後來被朝廷任命為宣教郎。這一時期他的仕途較為順利，不久官職提升，又調入國史院做了編修官。但此時他的生活還是較清貧的。

雖身為京官，卻無時不為衣食所愁。家裏竟多時「食粥度日」，有時為了不至於斷粥，只好把衣服拿出去當掉。

後來，宋哲宗親自執掌朝政，新派人物上臺，接著而來的便是以前的舊黨遭到排擠、打擊。秦觀由於與蘇軾兄弟關係密切，便也被列為舊黨，被朝廷趕出京城，派到杭州去做通判，繼而又因御史劉拯檢舉秦觀「增損實錄」，中途再次被貶到處州。

不久，朝廷再次對他降罪，秦觀被貶謫到郴州，第二年再貶到橫州。三年之後，又貶到遠在廣東的雷州。

一連串的打擊使秦觀的理想破滅了，他的情緒非常低沉憂鬱，於是，他寫了一首充滿愁苦的《千秋歲》詞。這首詞很快傳開了。當時的宰相曾布讀完這首詞，深深地歎息一聲說：「秦觀過不了多久就將離開人世了！」

為什麼會這樣說呢？就是因為詞中有「飛紅萬點愁如海」這句。既然是有愁如海，怎麼還能久留於人世呢？果然不出所料，在寫完這首詞後的第二年五月，朝廷下赦命，命秦觀返回內地任職。

當他來到滕州的時候，在華光亭喝酒喝多醉倒了。他向人討水喝，當別人端水給他時，只見他大笑不止，不久便辭別了人世，當時他僅僅五十二歲。

詞中撫今追昔，觸景生情，表達了政治上的挫折與愛情上的失意相互交織而產生的複雜心緒。此詞以「春」貫穿全篇，「今春」和「昔春」，「盛春」到「暮春」，以時間的跨度，將不同的時空和昔盛今衰等感受，個人的命運融合為一，創造出完整的意境。「水邊沙外，城郭春寒退。花影

亂，鶯聲碎。」此四句是寫景，用「亂」和「碎」來形容花多，同時也傳遞出詞人心緒的紛亂，茫然無緒。

「飄零疏酒盞，離別寬衣帶。人不見，碧雲暮合空相對。」他鄉逢春，因景生情，引起詞人飄零身世之感。詞人受貶遠徙，孑然一身，更無酒興，且種種苦況，使人形影消瘦，衣帶漸寬。「人不見」句，以情人相期不遇的惆悵，喻遭貶遠離親友的哀婉，是別情，也是政治上失意的悲哀。現實的淒涼境遇，自然又勾起他對往日的回憶。

下片起句「憶昔西池會，鵷鷺同飛蓋。」西池會，作者當時在京師供職秘書省，與僚友西池宴集賦詩唱和，是他一生中最得意的時光。作者回憶西池宴集，館閣官員乘車馳騁於大道，使他無限眷戀，那歡樂情景，「攜手處，今誰在？」撫今追昔，由於政治風雲變幻，同僚好友多被貶謫，天各一方，詞人怎能不倍加憶念故人？「日邊清夢斷，鏡裏朱顏改。春去也，飛紅萬點愁如海。」沉重的挫折和打擊，他自覺再無伸展抱負的機會了。

日邊，借指皇帝身邊。朱顏改，指青春年華消逝，寓政治理想破滅，飄泊憔悴之歎。如說前面是感傷，到此則淒傷無際了。這是詞人和著血淚的悲歎。

「落紅萬點」，意象鮮明，具有一種驚人心魄的淒迷之美，喚起千萬讀者心中無限惜春之情、惜人之意。

不務正業的宋朝天子

燕山亭（北行見杏花） ——趙佶

裁剪冰綃，輕疊數重，冷淡燕脂勻注。
新樣靚妝，豔溢香融，羞殺蕊珠宮女。
易得凋零，更多少、無情風雨。
愁苦，問院落淒涼，幾番春暮？
憑寄離恨重重，這雙燕何曾，會人言語？
天遙地遠，萬水千山，知他故宮何處？怎不思
量？除夢裏、有時曾去。無據，和夢也、新來
不做。

注　釋

- 冰綃：潔白的綢。
- 蕊珠宮女：指仙女。
- 憑寄：憑誰寄，托誰寄。
- 無據：不可靠。
- 和：連。

譯　文

　　杏花的花瓣就像是用絲綢裁剪而成的，杏花好像是淡妝的仙女。可是那嬌豔的花朵最容易凋落飄零，又有那麼多淒風苦雨，無意也無情。這情景實在令人生出許多愁苦之情，不知經過多少時間，院落中只剩下一片淒清。我被拘押著向北方走去，誰能夠體會這重重的離恨？這對燕子，又怎能理解人的心情？已經走過了萬水千山，哪裡還能看到故宮的影子？細細思量，卻只能在夢裏相逢。可又不知是何緣故，近來竟連夢也沒有了。

背景故事

　　趙佶，北宋徽宗皇帝，在位二十五年。在他主政時期，奸臣當道，窮奢極欲，國庫空虛，民不聊生，內憂外患，紛至遝來。宣和七年，金兵南下，年底，傳位與趙桓（欽宗），自稱太上皇。靖康二年被金兵所俘，與兒子一起淪爲亡國之君，最後客死於五國城（今黑龍江依蘭）。

　　這首詞是宋徽宗與其子欽宗被金兵擄往北方時，在途中所寫的詞，是詞人悲慘身世、遭遇的寫照。全詞透過寫杏花的凋零，藉以抒發詞人的身世之感和自己悲苦無告、橫遭摧殘的命運。帝王與俘虜兩種生活的對比，使他唱出了家國淪亡的哀音。北宋徽宗趙佶，曾經做過遂寧王、端王。哲宗皇帝病死時無子，向皇后於同月立趙佶爲帝。

趙佶即位後不久，即重用蔡京、王黼、童貫、梁師成、李彥、朱勔等奸臣，時稱六賊。趙佶生活極其奢侈，濫增捐稅，大肆搜刮民脂民膏，大興土木，修建華陽宮等宮殿園林。他還設立蘇杭應奉局，搜刮江南民間的奇花異石，運送到汴京，修築園林，北宋政府歷年積蓄的財富很快就被揮霍一空。這些舉動害得許多百姓傾家蕩產，家破人亡。誰家只要有一花一石被看中了，官員們就帶領差役闖入民宅，用黃紙一蓋，標明這是皇上所愛之物不得損壞，然後就拆門毀牆地搬運花石，用船隊運送到汴京。

有一次用船運一塊四丈高的太湖石，一路上強徵了幾千民夫搖船拉纖，遇到橋樑太低或城牆水門太小，負責押運的人就下令拆橋毀門。有的花石體積太大，河道不能運，官員就下令由海道運送，常常造成船翻人亡的慘劇。人民在此殘害之下，痛苦不堪，爆發了方臘、宋江等農民起義，趙佶又派兵進行了血腥鎮壓。

不僅如此，他還崇信道教，大建宮觀，自稱教主道君皇帝，並經常請道士看相算命。他的生日是五月五日，道士認為不吉利，他就改成十月十日；他的生肖為狗，為此下令禁止汴京城內屠狗。

雖然趙佶在政治上是一個昏君，但是他在藝術上卻造詣頗深，還是一位才華卓著的書畫家，而且他還最擅長工筆花鳥畫。

後來金軍大舉南侵，金軍統帥宗望統領的東路軍在北宋

叛將郭藥師引導下，直取汴京。趙佶接到報告，連忙下令取消花石綱，下《罪己詔》，承認了自己的一些過錯，想以此挽回民心。然而此時金兵已經長驅直入，逼近汴京。徽宗又急又怕，拉著一個大臣的手說：「現在大敵當前，叫我如何是好。」話沒說完，一口氣塞住了喉嚨，昏倒在床前。

被救醒後，他伸手要紙和筆，寫了「傳位於皇太子」幾個字。十二月，他宣佈退位，自稱「太上皇」，讓位與兒子趙桓（欽宗），帶著蔡京、童貫等賊臣，藉口燒香倉皇逃往安徽亳州蒙城。第二年四月，圍攻汴京的金兵被李綱擊退北返，趙佶才回到汴京。

西元1126年閏11月底，金兵再次南下。這一次他沒有那麼幸運。金兵12月15日攻破汴京，金帝將趙佶與其子趙桓廢為庶人。西元1127年3月底，金帝將徽、欽二帝，連同后妃、宗室，文武百官數千人，以及教坊樂工、技藝工匠、法駕、儀仗、冠服、禮器、天文儀器、珍寶玩物、皇家藏書、天下州府地圖等押送北方，汴京中公私積蓄被擄掠一空，北宋滅亡。因此事發生在靖康年間，史稱「靖康之變」。

靖康之變後，徽宗趙佶做了亡國奴被金國囚禁了九年。西元1135年4月甲子日，終因不堪精神折磨而死於五國城，金熙宗將他葬於河南廣寧。後來，宋金根據協定，將趙佶遺骸運回臨安（今浙江省杭州市），由宋高宗葬之於永佑陵，立廟號為徽宗。

宋徽宗的這首詞是作者身世、遭遇的悲慘寫照。全詞透

過寫杏花的凋零，藉以哀歎自己悲苦無依、橫遭摧殘的命運。

詞之上片先以細膩的筆觸，工筆描繪杏花的外形及神態，勾勒出一幅絢麗的杏花圖。近寫、細寫杏花，是對一朵朵杏花的形態、色澤的具體形容。杏花的花瓣好似一疊疊冰清玉潔的縑綢，經過巧手裁剪出重重花瓣，又逐步勻稱地暈染上淺淡的胭脂。朵朵花兒都是那樣精美絕倫地呈現在人們眼前。

「新樣」三句，先以杏花比擬為裝束入時而勻施粉黛的美人，她容顏光豔照人，散發出陣陣暖香，勝過天上蕊珠宮裏的仙女。

「羞殺」兩字，是說連天上仙女看見她都要自愧不如，由此進一步襯托出杏花的形態、色澤和芳香都是不同於凡俗之花，也充分表現了杏花盛開時的動人景象。

以下筆鋒突轉，描寫杏花遭到風雨摧殘後的黯淡場景。作者以帝王之尊，降為階下之囚，流徙至千里之外，其心情之愁苦非筆墨所能形容，杏花的爛漫和易凋零引起他的種種感慨和聯想，往事和現實交雜一起，使他感到杏花凋零，猶有人憐，而自身淪落，卻只空有無窮的慨恨。

詞之下片，以杏花的由盛而衰暗示作者自身的境遇，抒寫詞人對自身遭遇的沉痛哀訴，表達出詞人內心的無限苦痛。前三句寫一路行來，忽見燕兒雙雙，從南方飛回尋覓舊巢，不禁有所觸動，本想託付燕兒寄去重重離恨，再一想它們又怎麼能夠領會和傳達自己的千言萬語呢？但除此之外又

將託付誰傳遞音訊呢？作者這裏借著問燕表露出音訊斷絕以後的思念之情。

「天遙」兩句歎息自己父子降為金虜，與宗室臣僚三千餘人被驅趕著向北行去，路途是那樣的遙遠，艱辛地跋涉了無數山山水水，「天遙地遠，萬水千山」這八個字，概括出他被押解途中所受的種種折磨。以下句緊接上句，以反詰語說明懷念故國之情，然而，「故宮何處」點出連望見都不可能，只能求之於夢寐之間了。夢中幾度重臨舊地，帶來了片刻的安慰。

結尾兩句寫絕望之情。夢中的一切，本來是虛無空幻的，但近來連夢都不做，真是一點希望也沒有了，反映出內心百折千回，可說是哀痛已極，肝腸斷絕之音。

亡國之音的《後庭花》

桂枝香（金陵懷古） ——王安石

登臨送目，正故國晚秋，天氣初肅。

千里澄江似練，翠峰如簇。

歸帆去棹殘陽裏，背西風、酒旗斜矗。

彩舟雲淡，星河鷺起，畫圖難足。

念往昔、繁華競逐，嘆門外樓頭，悲恨相續。

千古憑高對此，漫嗟榮辱。

六朝舊事隨流水，但寒煙衰草凝綠。

至今商女，時時猶唱，《後庭》遺曲。

注釋

· 金陵：古郡名，宋代稱升州、江寧府，治所在今江蘇省
　　南京市。此地曾為三國吳、東晉，南朝宋、齊、
　　梁、陳六朝的都城。

· 故國：舊都。指金陵城。

· 肅：清爽，指秋天涼爽的天氣。

· 澄江：清碧的長江。

- 練：白色的絲絹。此句化用南朝詩人謝朓「澄江如練」
  的詩句。
- 簇：叢聚的樣子。
- 酒旗：舊時酒店門前的酒簾，作為招徠顧客之用。
- 星河：銀河。此處喻美如銀河的秦淮河。秦淮河是金陵
  城內的一條人工河，兩岸為歌樓妓館叢聚之處。由
  於來此遊玩的客船甚多，燈光點點，恰似天上的銀
  河一般。
- 鷺起：形容秦淮河裏彩舟往來，如鷺鳥之飛起。
- 門外樓頭：化用唐人杜牧《台城曲》「門外韓擒虎，樓
  頭張麗華」之句。指南朝陳為隋所滅的歷史。據史
  書記載，隋大將韓擒虎從朱雀門入城時，陳後主與
  寵妃張麗華還在結綺閣尋歡作樂。
- 漫嗟榮辱：空歎此城在歷史上的榮辱。榮是指金陵舊都
  繁華興盛之時，辱指發生在此地的亡國之辱。史載
  隋兵入城之後，陳後主與張麗華慌忙逃入景陽宮井
  中，為隋兵俘出。後人遂稱此井為「辱井」。
- 六朝：指在金陵建都的六個王朝，見本詞注。
- 「至今商女」三句：化用杜牧《泊秦淮》詩「商女不知
  亡國恨，隔江猶唱《後庭花》」之句。商女，歌
  女。後庭遺曲，指陳後主所作的《玉樹後庭花》。
  後人以此曲為亡國之音。

我在這六朝故都的金陵城登高遠望，時值深秋，天高雲淡。眼下這奔湧千里的長江宛如一條白色的絲絹。遠處的青山叢叢簇簇，高下相間。殘陽之中，歸來的風帆、遠去的舟影，穿遊於銀白色的江面。西風起處，酒旗斜插在街市兩邊。秦淮河中的彩舟搖曳，恰似那白鷺翩翩飛起，這說不盡的景致，丹青妙手也描摹不完。

　　遙想當年，這金陵故都是何等繁盛。可歎君王們荒淫誤國，隋兵已經近逼城下，後主卻仍在尋歡作樂，落得個國破家亡，悲恨相銜。站在高樓上憑弔千古，繁榮和恥辱令我徒自嗟歎。六朝的興衰如同滔滔江水一去不返，不變的唯有那年年復生的青草和寒煙籠罩的江面。時至今天，歌女們還不時唱起《玉樹後庭花》這支遺曲，聽到這亡國之音，怎不令人深深遺憾。

背景故事

　　金陵素稱虎踞龍蟠，雄偉多姿。大江西來折而向東奔流入海。山地、丘陵、江湖、河泊縱橫交錯。秦淮河如一條玉帶橫貫市內，玄武湖、莫愁湖恰似兩顆明珠鑲嵌在市區的左右。

　　王安石正是面對這樣一片大好河山，想到江山依舊、人事變遷，懷古而思今，寫下了這篇「清空中有意趣」的政治

抒情詞。詞中《後庭》曲是指南朝陳後主的故事。

陳後主是魏晉南北朝的最後一位皇帝，對人民來說，他是個昏君，可是對於藝術來說，他卻是個難得的人才。陳後主名叫陳叔寶，是一個完全不懂國事，只知道喝酒享樂的人，陳後主寵愛的貴妃張麗華本是歌妓出身，她髮長七尺，光可鑑人，陳後主對她一見鍾情，據說即使是在朝堂之上，還常讓她坐在膝上與大臣共商國事。

陳後主爲了享樂，大興土木，建造了三座豪華的樓閣，讓他的寵妃們住在裏面。身邊的宰相江總、尚書孔范等人，也只會逢迎拍馬，玩玩文字遊戲而已，從來不把國家大事放在心上。他們喝酒吟詩，製作俗豔的詩詞，如《玉樹後庭花》、《臨春樂》等，而且都配上曲子。陳後主還挑選了一千多個宮女，專門演唱他們「創作」出來的這些靡靡之音。

陳後主這樣窮奢極欲，他對百姓的搜刮當然非常殘酷。百姓被逼得過不了日子，流離失所，到處可見倒斃的屍體。大臣傅上奏章說：皇上整日不問國事，再這樣下去，國家就要完了。

陳後主一看奏章就火了，派人對傅說：「你能認錯改過嗎？如果願意改過，我就寬恕你。」

傅說：「我說的本來沒有錯，怎麼要我改錯。」陳後主惱羞成怒，就把傅殺了。

陳後主又過了五年荒唐的生活。這時候，北方的隋朝漸漸強大起來，決心滅掉南方的陳朝。

後來，隋文帝造了一大批大小戰船，派他的兒子晉王楊廣、丞相楊素擔任元帥，賀若弼、韓擒虎為大將，率領五十一萬大軍，分兵八路，準備渡江進攻陳朝。

隋文帝親自下達討伐陳朝的詔書，宣佈陳後主二十條罪狀，還把詔書抄寫了三十萬份，派人帶到江南各地去散發。陳朝的百姓已經恨透了陳後主，看到了隋文帝的詔書，人心更加動搖起來。

首先是楊素率領的水軍從永安出發，乘幾千艘黃龍大船沿著長江東下，滿江都是旌旗，戰士的盔甲在陽光下閃閃發光。陳朝的江防守兵看了，都被嚇呆了，哪裡還有抵抗的勇氣。其他幾路隋軍也都順利地開到江邊。北路賀若弼的人馬到了京口，韓擒虎的人馬到了姑蘇。江邊陳軍守將告急的警報接連不斷地送到建康。

陳後主正跟寵妃、大臣們醉得七顛八倒，他收到警報，連拆都沒有拆，就往床下一丟了事。後來，警報越來越緊了。有的大臣一再請求商議抵抗隋兵的事，陳後主才召集大臣商議。

陳後主說：「東南是個福地，又有天險可以拒敵，以前北齊來攻過三次，北周也來了兩次，都失敗了。這次隋兵來，還不是一樣來送死，沒有什麼可怕的。」

其他的奸佞小人也附和著說：「陛下說得對。我們有長江天險，隋兵又不長翅膀，難道能飛得過來！這一定是守江的官員想貪功，故意造出這個假情報來。」

　　大家你一言，我一語，根本不把隋兵進攻當作一回事，笑談了一陣，又照樣叫歌女奏樂，喝起酒來。

　　再到後來，賀若弼的人馬從廣陵渡江，攻克京口；韓擒虎的人馬從橫江渡江到採石磯，兩路隋軍逼近建康。到了這個火燒眉毛的時候，陳後主才有些清醒。

　　城裏的陳軍還有十幾萬人，但是陳後主手下的寵臣江總、孔範一夥都不懂得怎麼指揮。陳後主急得哭哭啼啼，手足無措。隋軍順利地攻進建康城，陳軍將士被俘的被俘，投降的投降。

　　等到隋軍進入皇宮以後卻到處找不到陳後主。後來，捉住了幾個太監，才知道陳後主逃到後殿投井了。隋軍兵士找到後殿，果然有一口井。往下一望，是個枯井，隱約看到井裏有人，就高聲呼喊。

　　井裏沒人答應，兵士們威嚇著叫喊說：「再不回答，我們要扔石頭了。」說著，真的拿起一塊大石頭放在井口，裝出要扔的樣子。井裏的陳後主嚇得尖叫了起來。兵士把繩索丟到井裏，才把陳後主和兩個寵妃拉了上來，陳朝滅亡，陳後主最後病死洛陽，追封長城縣公。

　　就這樣，《後庭花》因為它的作者陳後主的經歷和遭遇而被後人看作是亡國之音，被歷代文人當作警世鐘時時敲響。

　　而王安石的這首《桂枝香》正是有感於此而作，詞的上闋主要是寫景，作者在一派蕭爽的晚秋天氣中登高臨遠，看到了金陵最有特徵的風景：千里長江明淨得如同一匹素白的

綢緞，兩岸蒼翠的群峰好似爭相聚在一起；江中的船帆在夕陽裏來來去去，岸上酒家斜掛的酒招迎著西風在飄揚。極目遠眺，那水天一色處的各種舟楫在淡雲中時隱時現；一群白鷺在銀河般的洲渚騰空而起。如此壯麗的風光真是「畫圖難足」啊！

詞的下闋，作者的筆鋒一轉，切入懷古的題旨。用「念往昔」三字拉開了時空的反差，指出六朝的統治者競相過著奢侈荒淫的生活，以致像陳後主那樣，敵軍已兵臨城下，他還擁著一群嬪妃在尋歡作樂。

最後六朝君主就像走馬燈似地一個接一個地國破家亡，悲恨相繼不斷。對此作者發出了深深的感歎：千古以來人們登高憑弔，不過都是空發興亡感慨，六朝舊事隨著東逝的江水是一去不復返了，剩下的只有幾縷寒煙和一片綠色的衰草。

最後作者借用杜牧《泊秦淮》中的「商女不知亡國恨，隔江猶唱後庭花」的詩意，指出六朝亡國的教訓已被人們忘記了。這結尾的三句借古諷今，寓意深刻。

王安石是在神宗熙寧初出任江寧知府的（府治即今南京市），兩年後即入中樞為相。這首詞當作於任知府期間。作為一個偉大的改革家、思想家，他站得高看得遠。

這首詞透過對六朝歷史教訓的認識，表達了他對北宋社會現實的不滿，透露出居安思危的憂患意識。

阮郎歸（天邊金掌露成霜）

——晏幾道

天邊金掌露成霜，雲隨雁字長。
綠杯紅袖趁重陽，人情似故鄉。
蘭佩紫，菊簪黃，殷勤理舊狂。
欲將沉醉換悲涼，清歌莫斷腸。

注　釋

- 金掌：漢武帝在建章宮建柏梁台，臺上建了一座高二十
　　丈的銅柱，柱端有仙人掌，以承露水。相傳以此露
　　和玉屑飲之，令人長壽。後世稱此掌為仙人掌、仙
　　人承露盤或金掌。
- 雁字：大雁飛行時排成的「人」字或「一」字。
- 綠杯：碧玉製成的酒杯。
- 紅袖：代指歌女。
- 重陽：農曆九月九日重陽節。古人以九為陽數之極，兩

九相重，故稱重九，又稱重陽。

- 人情：民俗風情。
- 蘭佩紫：指身上佩戴的紫蘭。
- 菊簪黃：指頭上插戴的金菊。
- 理舊狂：任情肆意地表現舊日的狂態。
- 清歌：沒有樂器伴奏的清唱。

譯文

在遙遠的京城中，仙人掌上的露水恐怕已經結成了寒霜。大雁排成長長的「一」字，雲層也像是隨之飄揚。觥籌交錯，歌舞紅妝，滿城的人都在慶賀這重陽佳節。此地的風俗，卻也頗似我的故鄉。

身佩紫色的蘭草，頭插著金菊嫩黃，我正好趁此表現以前的狂態，滿心想用沉醉來壓抑住內心的淒涼。希望你們千萬不要唱斷腸之曲，免得又引起我思鄉的痛苦。

背景故事

時光逝去得真快，轉眼之間又到了每年一度的重陽節。此時，詞人晏幾道住在京城裏，這是皇帝賜給他父親的宅邸。人一老，往往最思念的就是故鄉，當然晏幾道也是這樣，但他那份情感卻不是僅用「思鄉」二字就能包容得了的。

重陽節京城成了歡樂的海洋，人們都沉浸在歡樂之中。就在這歡鬧中，晏幾道也是照例出來應節的千千萬萬人中的

一位。但這與從前卻大不相同了，再沒有什麼人特意來討好自己，自己也大可不必去討好別人。細細想想，那些過去十分要好的朋友，如今，有的已經死去了，有的已經散去了，要到哪裡尋覓？

時逢佳節，京都中的士女們又都依俗紛紛到郊外遊賞。此時，酒家皆以菊花束成洞戶，人們到郊外登高，然後聚到倉王廟、四裏橋、愁台、梁王城、硯臺、毛駝岡、獨樂岡等處開懷暢飲。仕女們登罷高回到家中，接著就要剪綵繪為茱萸、菊、木芙蓉花相互贈送。畢竟是重陽佳節啊，別人都這般興高采烈，自己也不妨佩上紫蘭、簪上黃菊，裝出一副笑臉來。

佳節依舊，佩戴的花兒依舊，可心情呢？晏幾道又想起從前的時光，那時自己正年輕，每年也是鬧著這些玩意兒，如今照樣還是鬧著，可是一切都不同了。此時的自己，怎麼還能夠像年輕的時候，笑啊、鬧啊，不管天，不顧地，只是一個傻勁地笑鬧。現在想起來，從前那段生活卻令人留戀，如今，人老了，那股傻勁也已隨時光逝去，雖許多人將它忘懷，它卻刻在詞人心頭，特別令人回味。

從今以後，還有多少個年頭的重陽節可以鬧一鬧呢？何不如就趁著今天這個佳節，盡情地佩紫、簪黃，再痛痛快快地鬧它一番。

一天在歡鬧中過去了。回到府上，坐在書案前，纏繞心頭的又是什麼？

晏幾道雖是朝廷重臣晏殊的兒子，但他仕途上卻很不得意，只做過幾年小官。在這短暫的仕途中也不是十分順心，不久便退休居閒。幾十年的風風雨雨，如今走到了這把年紀。整理一下自己的思緒，提筆寫下了《阮郎歸》一詞。

也許聽美妙的曲子，讓自己沉浸在醇酒和歌聲中。這樣，自己的心情會好一些，可是熱鬧過後除了悲涼還是悲涼，這不正是晏幾道晚年生活的真實寫照嗎？

全詞寫情波瀾起伏，步步深化，由空靈而入厚重，音節從和婉到悠揚，適應感情的變化，整首詞的意境是悲涼淒冷的。

起首兩句以寫秋景起，點出地點是在京城汴梁，時節是在深秋，爲下文的「趁重陽」作襯墊。漢武帝在長安建章宮建高二十丈的銅柱，上有銅人，掌托承露盤，以承武帝想飲以求長生的「玉露」。承露金掌是帝王宮中的建築物，詞以「天邊金掌」指代宋代汴京景物，選材突出，起筆峻峭。但作者詞風不求以峻峭勝，故第二句即接以閒淡的筆調。

白露爲霜，天上的長條雲彩中飛出排成一字的雁隊，雲影似乎也隨之延長了。這兩句意象敏妙，滿懷悲涼，爲全詞奠定了秋氣瑟瑟的基調。

三、四兩句將客居心緒與思鄉之情交織來寫，用筆細膩而蘊涵深厚，一方面讚美故鄉人情之美，表達出思鄉心切的情懷，另一方面又讚美了重陽友情之美，表達了對友情的珍惜。

089

過片從《離騷》中「紉秋蘭以爲佩」和杜牧「塵世難逢開口笑，菊花須插滿頭歸」化出的「蘭佩紫，菊簪黃」兩句，寫出了人物之盛與服飾之美，渲染了宴飲的盛況。接下來一句，寫詞人仕宦連蹇，陸沉下位，情緒低落，不得不委曲處世，難得放任心情，今日偶得自在，於是不妨再理舊狂，甚至「殷勤」而「理」，以不負友人的一片盛情。

詞之結句，竟體空靈，包含著萬般無奈而聊作曠達的深沉苦楚，極盡迴旋曲折、一詠三歎之妙。「蘭佩紫」二句，承上片「人情」句的含蓄轉爲寬鬆；「殷勤」句隨著內容的迅速濃縮，音節也迅速轉向悠揚；「欲將」二句，感情越來越深沉、曲折，音節也越來越悠揚、激盪。

縱觀全詞，儘管作者那種披肝瀝膽的真摯一如既往，但在經歷了許多風塵磨折之後，悲涼已壓倒纏綿；雖然還有鏤刻不滅的回憶，可是已經害怕回憶了。

烈女忠貞不屈賦絕筆

滿庭芳

——徐君寶妻

漢上繁華，江南人物，尚遺宣政風流。

綠窗朱戶，十里爛銀鉤。

一旦刀兵齊舉，旌旗擁，百萬貔貅。

長驅入，歌樓舞榭，風捲落花愁。

清平三百載，典章文物，掃地俱休。

幸此身未北，猶客南州。

破鑑徐郎何在？空惆悵、相見無由。

從今後，夢魂千里，夜夜岳陽樓。

注　釋

· 漢上：泛指漢水流域一帶。

· 遺：遺留。

· 風流：流風餘韻。

· 爛：鮮明，光亮。

· 銀鉤：指簾鉤。

· 刀兵：泛指兵器。

091

- 貔貅：古代傳說中的一種猛獸，常用以比喻勇猛的軍隊。這裏指元兵。
- 長驅入：元兵長驅直入。
- 清平：太平。
- 典章文物：泛指制度法令等。
- 掃地俱休：比喻破壞無餘。俱，一作「都」。
- 未北：沒有被擄北去。
- 南州：南方，這裏指杭州。
- 鑑：鏡子。
- 徐郎：指她的丈夫徐君寶。
- 岳陽樓：代指徐君寶的家鄉嶽州。

譯　文

漢水流域繁華，江南人物，尚保留著宋徽宗時的風流。綠窗紅門，到處閃爍著明亮的簾鉤。忽然間元兵南侵起刀兵，戰旗揮動，強寇如猛獸。長驅直入，過去的舞榭歌台，如風捲落花令人愁。宋朝三百年的太平基業，數不清的典章法度，如掃地一般全毀壞了。所幸的是自己未被擄到北方，尚客居在杭州。因戰亂夫妻分別不知丈夫在何處？淒涼惆悵，相見的願望太難實現了。從今後，夜夜夢魂飛千里，縈繞在故鄉岳陽樓。

背景故事

南宋末年，蒙古軍隊大舉南侵，他們燒殺搶掠，姦淫婦女，無惡不作。

岳州人徐君寶一家老小，在兵荒馬亂中，被蒙古軍殺的殺，搶的搶，他的妻子因生得美麗，被蒙古軍的一位主將看上，於是命人把她押往杭州。

從嶽州到杭州，路途遙遙，輾轉數千里。途中，那位主將存心不良，多次企圖逼姦她。但她不爲主將的淫威所動，每每用計相拒，免於受辱。

來到杭州，蒙古主將把徐妻軟禁在王府後花園的一座閣樓之上，這是一座緊靠池塘的小閣樓。此時此刻，已經住進王府中的那主將自然不肯再放過她了。果然不出所料，那主將一進入閨門，遂把那些監管著她的侍女盡行驅趕出去。

主將一過來，依然涎著臉向徐妻表示了殷勤；然後他很快便話歸正傳了。說要娶她爲妻。此時，徐妻已感到，自己是難逃魔掌了。但她沒有屈服，暗暗思忖，心生一計。於是，她笑著對主將說：「大帥既然如此厚愛於我，我也就認了，但你必須依我一件事。」

主將一聽此言，不禁心中暗喜，連忙答應。這時候，徐妻從容地正告道：「你知道我和前夫畢竟是有感情的；這樣吧，讓我最後一次祭奠過先夫之後，我就同意您的要求，長久地做您的妻子。這樣您覺得還不行嗎？」那主將見她把話

都說到了這個份兒上，也就喜不自禁地同意了。於是，他樂滋滋地出去到門外等候。

　　而徐妻便把她那已去世的丈夫的靈堂搭建起來，她自己則是喪妝的打扮；在焚香點燭後，她虔誠地祝禱上一番。回身提筆在牆壁上填寫了一闋《滿庭芳》詞，來作爲她對這個混濁世界的最後回顧。詞中先寫南宋都會繁華，人才眾多，國力也較爲富厚；但當元軍南侵、長驅直入時，竟如風捲落花，無力抵抗，使人慨恨不已。

　　以下說到自身的遭遇。歎息丈夫不知下落，死前無緣再見一面。自己不能生還故鄉，死後魂魄還是戀念著這裏。全詞淒苦哀怨，抒寫對家國的眷戀，對丈夫的熱愛，真切感人。這位弱女子痛斥侵略者的凶蠻，使三百載的清平，蕩然無存；自己則義無反顧此身不再，即使是魂斷千里，也要夜夜岳陽樓。在這國家危亡之際，許多權貴紛紛降敵，而這位弱女子卻填出如此令人盪氣迴腸之詞，表明自己視死如歸的決心。

　　再說那位主將見到徐妻好久也沒有出來，推門進去一看，他當即便傻了眼。原來除了牆壁上一首徐妻剛寫的詞作外，房內已是空無一人。他急忙要人去尋找；人們打著燈籠找遍王府中的每個角落，才在後花園裏發現徐妻已經投水自盡。這主將不由大吃一驚！連忙命人把她撈了上來，而徐妻卻早已香銷玉殞。

釵頭鳳

——陸游

紅酥手，黃藤酒。滿城春色宮牆柳。

東風惡，歡情薄。一懷愁緒，幾年離索。

錯！錯！錯！

春如舊，人空瘦。淚痕紅浥鮫綃透。

桃花落，閒池閣。山盟雖在，錦書難托。

莫！莫！莫！

注 釋

- 釵頭鳳：詞牌名，取自詩句「可憐孤似釵頭鳳」。
- 酥：酥油，形容皮膚潤澤細膩。
- 黃藤酒：又名黃封酒。因官酒以黃紙封口得名。
- 離索：離群索居。
- 鮫綃透：神話中鮫人所織的紗絹
- 山盟：指盟約。古人盟約多指山河為誓。
- 錦書：前秦竇滔妻蘇氏織錦文詩贈其夫，後人以錦書喻

愛情書信。

譯　　文

當年和唐琬一起到城外遊玩。在柳蔭底下，兩人擺開酒菜坐下小酌。她用紅潤的手捧著黃藤酒，生活多麼美好啊！可是，轉眼之間，美好的歡情成了泡影，只留下滿懷的愁恨和痛苦。如今同樣是春天，可是她卻比從前更消瘦了，想必她的淚痕已濕透了手帕。桃花已經謝落，池台亭閣也冷落了，過去的山盟海誓雖然還在，可是連托人給她帶封信都辦不到了。

背景故事

南宋高宗時，英俊的青年詩人陸游，與年輕美貌、溫柔多情的表妹唐婉結為夫妻。郎才女貌，情投意合，兩人非常恩愛，簡直到了形影不離的地步。

他們同進共出，在家則是陸游夜讀，唐婉添香。恩愛之情使他們對未來充滿美好的憧憬，都希望相偎相依，白頭偕老，共度此生。

誰料，陸游的母親卻另有想法。不知為什麼，她從一開始就有點看不上這個是自己侄女的兒媳婦。每當看到陸游與唐婉恩恩愛愛的情景，她心中就滿是不高興，時不時便要發出些無名火來。

幾年過去後，唐婉一直沒有生下兒子，陸游的母親以此

爲由，硬逼兒子休棄妻子。

陸游聽罷猶如五雷轟頂，苦苦哀求母親收回成命。可是，老母決心已定，陸游不敢違抗。

可陸游實在捨不得離開唐琬，就秘密地把妻子轉移到其他地方，金屋藏嬌，經常偷偷地和她往來。沒多久便被母親發現了，她怒斥兒子大逆不道，硬是逼著兒子和唐琬一刀兩斷，這真像用刀子刺他的心一樣難受。離婚後唐琬再嫁趙士程，而陸游另娶王氏。

宋高宗紹興二十四年，陸游已經三十歲了。一個春光明媚、百花爭豔的日子，他信步來到山陰（今浙江紹興）城東南四里處的禹跡寺附近的沈園遊玩，藉以排遣久積心頭的抑鬱。走著走著，他感到疲憊不堪，便坐到桃樹下的一個石桌旁小憩。這時一個下人模樣的人手中端著一個托盤，盤中放著一小壺酒和幾碟小菜，來到陸游面前說：「您是陸相公嗎？我家老爺讓我把這點酒菜送給您嘗嘗。」

「你家老爺是誰？」陸游驚詫地問。

那個下人向不遠處的一座小亭一指，陸游一看便怔住了。原來，在小亭中飲酒的竟是陸游的前妻唐琬和她的丈夫趙士程。雖然分離沒幾年，但一向面容清秀紅潤的唐琬，卻變得憔悴不堪。這時正在滿含哀怨地看著陸游。兩人四目相對，默默無言，唐琬已是淚光閃閃了。

但是，此時此地，他們又能說些什麼呢？只能淡淡地應酬兩句，便匆匆分開了。

陸游目不轉睛地望著唐婉的背影漸漸遠去，最後消失在綠楊翠柳的深處，真想頓足捶胸大哭一場。

此時一別，何時能夠再相逢？望著園中對對彩蝶在花叢中飛舞，池中魚兒雙雙在水中戲波，陸游深切地感到失去唐婉的難言之痛，不禁潸然淚下。

他想，趙士程特意派人送來酒菜，不正是包含著唐婉對自己念念難忘的舊情嗎？

愁苦難耐，陸游強忍悲痛，把眼淚和酒一點點地咽了下去。

滿腹悲痛酒難乾，一腔心事憑誰訴？他知道，剛才他飲下的不僅是杯中之酒，更是自己母親為他釀下的那杯不幸之酒。

飲罷、思罷、想罷，陸游站起身來，來到園子的粉牆前，提筆在手，讓手中筆替他傾訴心中的不盡情懷，寫下了這首千古絕唱《釵頭鳳》。

題完這首《釵頭鳳》詞，陸游淚眼獨對紅花綠柳、粉蝶游魚，更添無限惆悵，哪裡還有心思再賞春景，便拖著沉重的步子，懷著無盡思念，慢慢地走出沈園。

陸游的《釵頭鳳》詞一寫出，立即為之洛陽紙貴，街頭巷尾，人們爭相傳唱。

不久，唐婉就聽到了《釵頭鳳》，真是肝摧腸裂，她雖然與趙士程結婚有幾年了，但心中卻念念難忘被迫分離的前夫陸游。此次沈園相會，又聽到陸游的《釵頭鳳》，這使唐

婉倍感身心交瘁，從此更加鬱鬱寡歡，心情一天沉似一天，不久，便銷魂辭世了。

唐琬的去世，對陸游來說是一個沉重的打擊，這撕心裂肺般的愛情悲劇使詞人刻骨銘心，永生難忘，但是悲歌一曲的《釵頭鳳》卻流傳千古。

詞的起三句，以夫妻對飲場景，再現婚戀生活溫馨，以「滿城春色」烘染，顏紅、柳綠、酒封黃，色調明麗，畫面美好。「東風惡」以下，記述婚變後孤獨愁苦，「東風」借物寓意，出以曲筆，「惡」蘊涵怨情。連三「錯」字，無限悔恨、痛苦，奔湧而出。

換頭三句，寫沈園邂逅情事，春如故而人不同，「紅鮫綃透」，刻畫表情，真切動人。「紅」，淚水胭脂交融，「透」，傷心酸楚之至。末段寫相逢以後心境。「桃花」、「池閣」，與「滿城春色」，哀樂對照，渲染悲涼氛圍，兼喻美好戀情如花隕落。

誓言在耳，音書難通。事已至此，情何以堪！三「莫」字，無可奈何，無限傷感，貫注筆端。

何人爲英雄拭淚

水龍吟（登建康賞心亭）

—— 辛棄疾

楚天千里清秋，水隨天去秋無際。

遙岑遠目，獻愁供恨，玉簪螺髻。

落日樓頭，斷鴻聲裏，江南遊子，把吳鉤看了，

欄杆拍遍，無人會、登臨意。

休說鱸魚堪膾，盡西風，季鷹歸未？

求田問舍，怕應羞見，劉郎才氣。

可惜流年，憂愁風雨，樹猶如此！

倩何人、喚取紅巾翠袖，搵英雄淚？

注 釋

- 建康：宋代府名，治所在今江蘇省南京市。
- 賞心亭：故址在南京市水西門上，下臨秦淮河，為觀賞
  勝景之處。
- 楚天：指今南京以西之地，舊為楚國，故稱楚天。

- 遙岑遠目：放眼遠處的群山。
- 玉簪螺髻：意謂遠山看起來很像美人頭上的碧玉簪和青螺髻。
- 斷鴻：失群的孤雁。
- 江南遊子：作者為濟南人，飄落南國，故自稱江南遊子。
- 吳鉤：一種彎形的刀。
- 休說鱸魚堪膾：用晉人張翰的故事。
- 季鷹：張翰的字。
- 求田問舍：指做富家翁。
- 劉郎：指劉備。
- 樹猶如此：感慨年光流逝。
- 紅巾翠袖：歌女的巾帕和衣袖。此處指歌女。
- 搵：擦拭。英雄：作者自指。

譯文

　　楚國廣闊的天空，秋色無邊無際，江水蒼茫，與天同色。抬眼看那遠處的群山，就好像美人頭上的玉簪和螺髻，卻又眉頭緊鎖，顯現出一片哀愁和怨恨。

　　夕陽已經落在樓頭，離群的孤雁在頭上鳴叫，我這個江南遊子，把寶劍反覆端詳，把欄杆一一拍遍，卻沒有人能領會我登樓的心意。且不要提膾鱸魚味美，如今秋風又起，那思鄉的張季鷹豈能為此而去？若是只想買幾分田地蓋幾間草屋，還怕面對劉備那樣的豪傑一身正氣。

可歎歲月如流水，憂愁如風雨，樹木尚且會老，更何況是血肉之軀。此時此刻，我能讓誰來召喚歌兒舞女，為我擦乾壯志難酬的淚水！

背景故事

辛棄疾被任命為建康府通判。

建康就是今天的南京，是長江下游的重鎮。這裏設有行宮留守，通判就是協助留守處理一府政事的第一助手。

當時，擔任行宮留守的史正志和建康其他重要官員如韓元吉等人，也大都是主張抗金或傾向抗金的人物。因此在互相交談欣賞詩詞之餘，辛棄疾便經常與他們縱論國家大事，希望能在這裏尋找到知音。

有一天空閒的時候，留守史正志帶著他的屬下們，又一次來到建康水西門城上的賞心亭欣賞景色。他們坐在樓頭觀賞一會兒後，便坐下來飲茶閒談。

此時，史正志的興頭很高。於是乘著興致，談了許多不為人們所熟悉的事情，最後講到了他當年給宋高宗趙構上《恢復要覽》時的情況。

辛棄疾忍不住向史正志請教《恢復要覽》的詳細內容。

史正志拈了一下鬍鬚，笑道：「這麼多內容讓我從哪裡說起呢？」

辛棄疾說道：「那就揀重要的說吧！」

史正志又躊躇滿志地笑了笑：「其實就是兩句話：太平

無事的時候就建都臨安，敵人來犯時皇上就到建康巡視。」辛棄疾把史正志的話重複了一遍，然後突然問道：「史帥，那麼你認爲現在是太平無事的時候了？」

史正志一聽，哈哈大笑道：「你一心想著要收復失地，按你的意思當今並非天下太平無事，對不對？」

辛棄疾坦率地說：「當然了，這正是我想要說的。」

史正志歎了一口氣，說道：「金國對我們虎視眈眈，不能說是真正太平無事。但是按照目前的情況看，能夠保住這半壁河山，也就非常不容易了。」

韓元吉立刻說道：「一味苟且偷安，不出師北伐，將來這半壁河山恐怕也難保得住啊！」

辛棄疾贊成地點點頭。正要說出自己的看法，只見史正志搖搖頭，把手一擺，用無可奈何的語氣說道：「當今天子抗金意志不夠堅決，我們只要把建康府的事做好，也就算盡了自己的職責了。」

爲了打破這種沉悶憂傷的局面，留守建議到別處去走走，說完，史正志便率領屬下們，離開了。

看著留守史正志帶著下屬們遠去了，辛棄疾一個人留了下來。此時，他懷著無比沉重的心情，走到樓前，憑欄遙望。

辛棄疾倚著賞心亭的欄杆，眺望著江天暮色，無意中碰到了腰中寶劍的劍柄。這柄寶劍是他的好友劉漢贈送給他的，他將寶劍從鞘中拔出，拿在手上細細地撫弄著。

「給你，千萬不要讓它閒著！」劉漢臨別時的囑咐，頓

宋词 下

時又在他的耳邊響起。

這聲音無時無刻不在警醒他，但又使他無比慚愧、無比悲憤。他把劍重新插入劍鞘，一次又一次地、狠狠地拍擊著欄杆，藉以發洩心中那不可抑制的憂憤。

他下意識地轉過身來，抬起頭向北望去。那遠方就是自己的故鄉啊！大雁都知道追尋蹤跡飛回舊地，更何況漂泊江南的遊子呢！

這時，他想起西晉時的張季鷹，當他在洛陽看到秋風吹起時，便思念自己家鄉吳中鱸魚的美味，於是，立刻棄官回家。可是自己的家鄉呢，如今仍在金兵的鐵蹄之下，有家難回呀！

既然如此，那就在南方置一點田地，蓋幾間草房，無聲無息地終其一生吧！一想到這裏，辛棄疾又覺得慚愧起來。

東漢末年軍閥割據不斷征戰的時候，有一個名叫許氾的人就是這樣為自己打算的，結果是先遭到陳元龍的冷淡，後來又受到劉備的嚴厲批評。自己如果也步許氾的後塵，買田置屋，豈不愧對劉備這樣具有英雄豪氣的古人？

不能，絕不能這樣做。辛棄疾猛地拔出寶劍，凝視著鋒刃上的閃閃寒光。

想想自己，來到南方已經六年了。整整六個年頭過去了，可是國家依然處在風雨飄搖之中，怎能不令人滿懷愁腸？樹木都已長得這般高大茂盛，怎不使人感慨年華易逝、報國無期？

可恨的是，當今投降派在朝廷佔據上風，這又怎能不讓他心痛？辛棄疾獨立亭間，禁不住淚珠奪眶而出，千頭萬緒奔湧心頭。霎時，這一切凝聚成了一曲感人肺腑的《水龍吟》。

太陽已經落下山去，遊人們也都早已散去。辛棄疾才懷著悲憤的心情慢慢地離去。

105

宋词 下

伊人已去，情郎斷腸

三姝媚（煙光搖縹瓦）——史達祖

煙光搖縹瓦，望晴簷多風，柳花如灑。

錦瑟橫床，想淚痕塵影，鳳弦常下。

倦出犀帷，頻夢見、王孫驕馬。

諱道相思，偷理綃裙，自驚腰衩。

惆悵南樓遙夜，記翠箔張燈，枕肩歌罷。

又入銅駝，遍舊家門巷，首詢聲價。

可惜東風，將恨與、閒花俱謝。

記取崔徽模樣，歸來暗寫。

注　釋

- 縹（瞟）瓦：淡青色的琉璃瓦。
- 鳳弦常下：淚水和塵土常常落在錦瑟的絲弦上。
- 犀帷：飾有犀角的帷帳。
- 王孫：指自己所愛的情郎。
- 驕馬：駿馬。
- 諱道相思：不願提起「相思」二字。

- 自驚腰衩：為自己的腰圍又瘦而感到吃驚。古代女子上衣在腰處開衩。驚腰衩，即為腰衩又寬而感到吃驚。
- 銅駝：漢代洛陽的銅駝街，是當時貴族青年叢聚的地方。此處代指南宋京城臨安的繁華街道。
- 舊家：豪貴之家。
- 崔徽：唐代河中府的妓女。此處代指作者所戀的妓女。
- 寫：畫像。

譯　文

　　淡青色的琉璃瓦上一片煙光，在簷廊下，風兒吹著柳絮到處亂飛。錦瑟橫在她的床頭，想必那淚水和塵土曾屢屢落在絲弦之上。她不願意走出帷簾，一定時常夢見我騎馬的模樣。她從不在別人面前提及「相思」二字，只是暗暗為自己瘦損腰肢而倍感淒涼。我不由得滿懷惆悵，回想起南樓相識的那個晚上。

　　還記得當時張起翠綠的紗燈，你靠在我的肩頭輕輕歌唱。此後我又來到臨安，徑直來到舊家的門巷，先打聽你是否安然無恙。

　　可惜無情的東風，把你和百花同時吹謝，也帶走了你無盡的遺憾與憂傷。我還清楚地記得你的臉龐，回來後暗暗把你的音容笑貌畫在絹上。

這首詞寫的是作者在年輕時的一段往事。

　　那還是詞人年輕的時候，他在杭州結識了一位風塵女子。這位女子雖然是風塵中人，但不僅色藝雙絕，而且人品出眾，特別重感情。在頻繁的來往中，他們不同於那些只求聲色之歡的人們，而是相知相近，心心相印，產生了很深的感情。

　　可是這段感情很快便走向了盡頭，史達祖因事離開了杭州，而且一走就是很長時間。時間一久，雙方就難再聯繫上，也因此斷絕了音信。

　　若干年之後，等史達祖返回杭州時，他心中最放不下的就是這位女子，便馬上去尋訪。可是，物依舊，景依舊，他要尋找的那位女子卻已經故去了。

　　原來，自從史達祖離開杭州去外地後，那位女子對史達祖是日日想、夜夜盼，為此茶飯不思，最後竟因極度思念而染上了不治之症，不久便在抑鬱中死去。

　　景物依然，人物已非。過去的一切又浮現在眼前。卿卿我我的恩愛，舉案齊眉的敬重，執手相依的溫存，撫琴吟詩的情趣，一切都逝去了，一切都不再來了。

　　史達祖走進那位女子舊時的妝樓，讓人意想不到的是自己歸來尋訪到的竟是這等令人斷腸的消息，出現在他眼前的是那位女子生前撫過的錦瑟，一件件她用過的物品仍然擺放

在那裏，伸出手去摸一摸，去感受以前的一切，雖然那上面已落滿了塵土。

看到這些，史達祖決心像供奉所愛的人的遺容一樣，把這段愛情永遠留在自己的心裏，永遠紀念著她。於是，他寫下了那首《三姝媚》詞。

在詞中，他寫自己回到杭州馬上去尋訪那位女子，但「錦瑟橫床」只剩她的遺物了。「想淚痕塵影，鳳弦常下」，他想到自他們分手後，那位女子再也不與其他客人接近，而是獨守著深閨的寂寞，這都是為了他。她是一位好強的女子，不願在人們面前說出自己滿腹的心事。

日漸一日，她消瘦下去。每當自己私下撿起舊時的裙子穿在身上時，裙腰竟是那樣寬鬆，她這才吃驚地發現，自己確實已瘦了許多。

史達祖終於尋訪到了，那是令人心碎的消息：「可惜東風，將恨與閒花俱謝」。她如一枝無主的閒花，永遠地凋謝了，任憑史達祖千呼萬喚也無濟於事。

這首詞是作者悼念舊情，先寫女方，開頭三句從閨中人視角寫景，先寫外景，繼寫內景。「倦出」始將抒情主體正式引出。

「頻夢見」寫思念的熱切。而「諱道」三句又深入一層，寫長期為相思瘦損。轉寫男方的思戀。當日「遙夜」歡情，今日人面不知何處，令人悲痛萬分。最後說自己還記得伊人模樣，試圖作畫，以寄相思之情。

蘇武慢

——蔡伸

雁落平沙，煙籠寒水，古壘鳴笳聲斷。
青山隱隱，敗葉蕭蕭，天際暝鴉零亂。
樓上黃昏，片帆千里歸程，年華將晚。
望碧雲空暮，佳人何處？夢魂俱遠。

憶舊遊，邃館朱扉，小園香徑，尚想桃花人面。
書盈錦軸，恨滿金徽，難寫寸心幽怨。
兩地離愁，一尊芳酒，淒涼危欄倚遍。
盡遲留，憑仗西風，吹乾淚眼。

注　釋

- 古壘：古戰場的殘壘。
- 笳：胡笳，一種北方民族吹奏的管樂器，類似笛子。以
　　　其從西北傳入，故稱胡笳。
- 碧雲空暮：謂碧雲高遠，暮色蒼茫。
- 邃（歲）館：深深的庭院。
- 朱扉：朱漆的門戶。

- 桃花人面：指美人面若桃花。
- 金徽：金屬製的琴徽。徽，繫弦的絲繩。此處代指琴聲。

幾隻大雁落在平曠的沙洲，煙靄籠罩著清冷的江面，古壘邊的胡笳聲漸低漸遠。遠處的青山時隱時顯，枯葉在秋風中飄落在地上，天邊的幾隻昏鴉在往來迴旋。

黃昏時我獨立樓上，遠處駛過一張白帆，一年將盡，這船兒何時能將千里歸程走完？抬眼望見濃雲暮合，不知美人今在何處，她把我的魂夢帶向遙遠的天邊。

回想起舊時的歡樂，朱紅的大門，深深的庭院，小巧別緻的花園裏，香氣撲鼻的小徑上，我至今還能記起她美麗的容顏。縱然是寫滿絲絹撥斷琴弦，也難以傾訴內心的幽怨。這兩地相思的淒苦，一樽美酒怎能排遣？我已經把欄杆倚遍。久久地滯留在樓上，任憑西風吹乾我的淚眼。

背景故事

詞中所說的胡笳十八拍是由蔡文姬所創。蔡文姬是中國歷史上著名的才女，她的父親是大名鼎鼎的東漢大儒蔡邕。

漢靈帝時，蔡邕校書東觀，以經籍多有謬誤，於是為之訂正並書寫鐫刻在石碑上，立在太學門外，當時的後生學子都依此石經校正經書，每日觀覽摹寫者不絕於途。

這些石碑在洛陽大火中受到損壞，經過一千八百多年，

洛陽郊區的農民在犁田時掘得幾塊上面有字跡的石塊，經人鑑定就是當年蔡邕的手書，稱爲「熹平石經」，現在珍藏在中國大陸的歷史博物館中。

　　蔡邕不僅是文學家、書法家，他還精於天文數理，妙解音律，在洛陽儼然是文壇的領袖，像楊賜、玉燦、馬日磾以及後來文武兼資，終成一代雄霸之主的曹操都經常出入蔡府，向蔡邕請教。

　　蔡文姬生在這樣的家庭，自小耳濡目染，既博學能文，又善詩賦，兼長辯才與音律就是十分自然的了，可以說蔡文姬有一個幸福的童年，可惜時局的變化，打斷了這種幸福。

　　隨著東漢末期政治的昏暗，終於釀成了黃巾軍大起義，致使以豪強地主爲代表的地方勢力迅速擴大。大將軍何進被宦官殺死後，董卓進軍洛陽把宦官全部殺盡，把持朝政，董卓爲鞏固自己的統治，刻意籠絡名滿京城的蔡邕，將他一日連升三級，三日周曆三台，拜中郎將，後來甚至還封他爲高陽侯。

　　董卓在朝中的倒行逆施，招致各地方勢力的聯合反對，董卓火燒洛陽，遷都長安，後來董卓被呂布所殺。蔡邕也被收付廷尉治罪，蔡邕請求黥首刖足，以完成《漢史》，士大夫也多矜惜而救他，馬日磾更說：「伯喈曠世逸才，誅之乃失人望乎？」但終免不了一死，徒然地給人留下許多議論的話題，說他「文同三閭，孝齊參騫。」在文學方面把他比作屈原，在孝德方面把他比作曾參和閔子騫，當然講壞話的也

不少。

　　董卓被殺以後，他的部將又攻佔長安，從此軍閥混戰天下大亂。羌胡番兵乘機掠擄中原一帶，到處燒殺搶掠，掠奪婦女。蔡文姬與許多被擄來的婦女，一齊被帶到南匈奴。

　　這心境是可以想像的，當初細君與解憂嫁給烏孫國王，王昭君嫁給呼韓邪，總算是風風光光的，但由於是遠嫁異域，產生出無限的淒涼，更何況蔡文姬還是被擄掠的呢！飽受番兵的凌辱和鞭笞，一步一步走向渺茫不可知的未來，這年她二十三歲，這一去就是十二年。

　　在這十二年中，她嫁給了匈奴左賢王，飽嘗了身處異族異鄉的思鄉之苦。當然她也為左賢王生下兩個兒子，大的叫阿迪拐，小的叫阿眉拐。她還學會了吹奏「胡笳」，學會了一些異族的語言。

　　在這期間，曹操也由無名小卒變成了割據一方的一代梟雄，而且已經基本掃平北方群雄，把漢獻帝由長安迎到許昌，後來又遷到洛陽。曹操當上宰相，挾天子以令諸侯。人一旦在能喘一口氣的時候，就能想到過去的種種情事，尤其是在志得意滿的時候，在這回憶中，曹操想到少年時代的老師蔡邕對他的教導，想到老師沒有兒子，只有一個女兒。當他得知這個當年的女孩被擄到了南匈奴時，他立即派周近做使者，攜帶黃金千兩，白璧一雙，要把她贖回來。

　　儘管蔡文姬在異鄉是痛苦的，現在一旦要結束十二年的塞外生活，離開對自己恩愛有加的左賢王，和兩個天真無邪

的兒子，說不清是悲是喜，只覺得柔腸寸斷，淚如雨下，在漢使的催促下，她在恍惚中登車而去，在車輪滾滾的轉動中，十二年的生活，點點滴滴注入心頭，因此留下了動人心魄的「胡笳十八拍」。

南匈奴人在蔡文姬去後，每當月明之夜都會捲蘆葉而吹笳，發出哀怨的聲音，模仿蔡文姬的「胡笳十八拍」，成為當地經久不衰的曲調。中原人士也以胡琴和箏來彈奏《胡笳十八拍》，據傳中原的這種風尚還是從她最後一個丈夫董祀開始的。

蔡文姬是悲苦的，「回歸故土」與「母子團聚」都是美好的，人人應該享有的，而她卻不能兩全。

蔡文姬在周近的護衛下回到故鄉陳留郡，但斷壁殘垣，已無棲身之所，在曹操的安排下，蔡文姬嫁給了田校尉董祀，這年她三十五歲，這年是西元208年，這年爆發了著名的「赤壁之戰。」

然而世事難料，不幸的是就在她婚後的第二年，她的依靠、她的丈夫又犯罪當死，她顧不得嫌隙，蓬首跣足地來到曹操的丞相府為丈夫求情。

曹操正在大宴賓客，公卿大夫，各路驛使歡聚一堂，曹操聽說蔡文姬求見，對在座的眾人說：「各位都聽說過蔡文姬的才名，今為諸君見之！」

蔡文姬走上堂來，跪下來，語意哀傷地講清來由，在座賓客都交相詫歎不已，曹操說道：「事情確實值得同情，但

文狀已去，爲之奈何？」蔡文姬懇求道：「明公廄馬萬匹，虎士成林，何惜疾足一騎，而不濟垂死一命乎？」說罷又是叩頭。曹操念及昔日與蔡邕的交情，又想到蔡文姬悲慘的身世，倘若處死董祀，文姬勢難自存，於是立刻派人快馬加鞭，追回文狀，並寬恕其罪。

　　蔡文姬剛嫁給董祀的時候，起初的夫妻生活並不十分和諧。就蔡文姬而言，她已年歲不小，而且是殘花敗柳之身了，再加上思念胡地的兩個兒子，時常神思恍惚；而董祀正值鼎盛年華，生得一表人才，通書史，諳音律，是一位自視甚高的人物，對於蔡文姬自然有一些無可奈何的不足之感，然而迫於丞相的授意，只好勉爲其難地接納了她，董祀犯罪當死，何嘗不是在不如意的婚姻中，所產生的叛逆行爲所得到的結果呢？蔡文姬當然明白其中的道理，因而卯足了勁，要爲丈夫開脫，終於以父親的關係，激起曹操的憐憫之心，而救了董祀一命。

　　從此以後，董祀感念妻子的恩德，在感情上做了一百八十度的大改變，開始對蔡文姬重新評估，夫妻雙雙也看透了世事，溯洛水而上，居住在風景秀麗、林木繁茂的山麓。若干年以後，曹操狩獵經過這裏，還曾經前去探望。

　　據說當時蔡文姬爲董祀求情的時候，曹操看到蔡文姬在嚴冬季節，蓬首跣足，心中大爲不忍，命人取過頭巾鞋襪爲她換上，讓她在董祀未歸來之前，留居在自己家中。

　　曹操的文學成就也是震古鑠今的，這樣的人就特別地愛

書，尤其是難得一見的書，在一次閒談中，曹操表示出很羨慕蔡文姬家中原來的藏書。當蔡文姬告訴他原來家中所藏的四千卷書，幾經戰亂，已全部遺失時，曹操流露出深深的惋惜之情，當聽到蔡文姬還能背出四百篇時，又大喜過望，立即說：「既然如此，可以背出讓書吏到你家抄錄下來，如何？」蔡文姬惶恐地答道：「妾聞男女有別，還是讓我自己寫出吧。」這樣蔡文姬憑記憶自己默寫出四百篇文章，文無遺誤，滿足了曹操的願望，也可見蔡文姬的才情之高。

　　蔡文姬傳世的作品除了《胡笳十八拍》外，還有《悲憤詩》，被稱為中國詩歌史上文人創作的第一首自傳體的五言長篇敘事詩，在建安詩歌中別成一體。

「愁」字化身的女詞人

聲聲慢
——李清照

尋尋覓覓，冷冷清清，淒淒慘慘戚戚。

乍暖還寒時候，最難將息。

三杯兩盞淡酒，怎敵他、晚來風急。

雁過也，最傷心，卻是舊時相識。

滿地黃花堆積，憔悴損，如今有誰堪摘。

守著窗兒，獨自怎生得黑？

梧桐更兼細雨，到黃昏、點點滴滴。

這次第，怎一個、愁字了得。

注　釋

- 尋尋覓覓：若有所失、四顧張望的樣子。

- 戚戚：憂傷的樣子。

- 乍暖還寒時候：指深秋時天氣雖偶然溫暖，但整體上越來越冷。

- 將息：調養身體。

- 憔悴損：指滿地菊花枯萎凋謝的樣子。

- 這次第：這種令人憂愁的情景。
- 「怎一個」二句：一個「愁」字怎能夠概括得了呢。了得，囊括得盡。

譯　文

　　彷彿是遺失了什麼東西，到處尋覓，四周冷冷清清，人不由感到深深的淒涼憂感。這乍暖還寒的深秋天氣，最讓人無法調養休息。喝下三杯兩盞的清酒，也抵不住晚間寒風的侵襲。大雁從北方向南飛去，它們都是我舊時的相識，這情景怎不讓人傷心無比？庭院裏堆滿了將要凋敗的菊花，它們都已枯乾憔悴，如今還有誰肯來採摘？我獨自一人守著窗子，怎樣才能熬到殘陽沉西？黃昏時又下起瀟瀟疏雨，擊打著梧桐葉點點滴滴。這樣的情景，怎能用一個「愁」字囊括無遺？

背景故事

　　這首詞是作者南渡之後所作。靖康事變後，李清照和大多數人一樣逃到南方，不久，丈夫趙明誠因患病而死，經歷喪夫之痛的李清照又經歷了許多輾轉，最後才在杭州安頓下來，此時她已經五十二歲了。亡國之痛，喪夫之悲，使這位偉大的女詞人完全改變了年輕時那種優雅閒適的生活節律，她由一位貴族婦女淪落為孤苦伶仃的孀婦。全詞表現的是一種淒冷的美，特別是那句「尋尋覓覓，冷冷清清，淒淒慘慘戚戚」，可以說是空前絕後，沒有任何人能夠望其項背。於

是，她便被當作了愁的化身。

李清照於宋神宗元豐七年出生於一個官宦人家。父親李格非進士出身，在朝爲官，地位並不算低，是學者兼文學家，又是蘇東坡的學生。母親也是名門閨秀，善文學。

這樣的出身，在當時對一個女子來說是很可貴的。書香門第的家庭，再加上文學藝術的薰陶，又讓她能夠更深切細微地感知生活，體驗美感。

官宦人家的千金小姐，享受著舒適的生活，並能得到一定的文學教育，這在千年的封建社會中是非常常見的。但令人驚奇的是，李清照並沒有按照常規的成長途徑，初識文字，嫻熟針繡，然後就等待出嫁。

她飽覽了父親的所有藏書，文學素養相當之高。她在駕馭詩詞格律方面已經瀟灑自如。而品評史實人物，卻是大氣如虹。

愛情是人生最美好的一章。它是一個渡口、一座橋樑，一個人將從這裏出發，從少年走向青年，從父母溫暖的翅膀下走向獨立的人生，也會再迸發新的活力。

當李清照滿載著閨中少女所能得到的一切幸福，步入愛河時，她的美好人生又更上一層樓，也爲我們留下了一部愛情經典。她的愛情與一般人的愛情不同，而是起步甚高，一開始就跌在蜜罐裏，就站在山頂上，就住進了水晶宮裏。

丈夫趙明誠是一位翩翩少年，兩人又是文學知己，情投意合。趙明誠的父親也在朝爲官，兩家門當戶對。更難得的

是他們兩人除了一般文人詩詞琴棋的雅興外，還有更相投的事業結合點——金石研究。在不准自由戀愛，要完全聽從父母意願的封建時代，他倆能有這樣的愛情結局，真是天賜良緣，百裏挑一了。

但上天早就發現了李清照更博大的藝術才華。如果只讓她這樣輕鬆地寫一點男歡女愛，中國歷史、文學史將會從她的身邊擦身而過，實在是太可惜了。於是新的人格考驗、新的命題創作一起來到了李清照的面前。

宋王朝經過一百六十七年的和平繁榮之後，時局發生了轉變，北方崛起了一個遊牧民族。金人一錘砸爛了都城汴京（開封）的瓊樓玉苑，還掠走了徽、欽二帝，趙宋王朝於西元一一二七年匆匆南逃，開始了中國歷史上國家民族極其屈辱的一頁。李清照在山東青州的愛巢也頃刻間化爲烏有，一家人開始過著漂泊動盪的生活。

南渡第二年，趙明誠被任命爲京城建康的知府，想不到就在這時發生了一件讓國家蒙恥又讓家庭蒙羞的事。一天深夜，城裏發生叛亂，身爲地方長官的趙明誠不是身先士卒指揮平定叛亂，而是偷偷逃走。事定之後，他被朝廷撤職。

李清照這個柔弱女子，在這件事上卻表現出大節大義，深爲丈夫臨陣脫逃而羞愧。趙被撤職後夫婦兩人繼續沿長江而上向江西方向流亡，當行至烏江鎮時，李清照得知這就是當年項羽兵敗自刎之處，不覺心潮起伏，面對浩浩江面，吟下了這首千古絕唱：

生當作人傑，死亦為鬼雄。

至今思項羽，不肯過江東。

趙明誠在聽到這震撼人心的詩句時，心中泛起深深的自責。第二年趙明誠被召回京復職，但隨即暴病而亡。

生命對人來說只有一次，那麼愛情對一個人來說有幾次呢？大概最美好的、最揪心徹骨的也只有一次。李清照本來是擁有美滿愛情的，但上蒼欲成其名，必先奪其情，苦其心。

《聲聲慢》這首詞的上片，集中寫愁苦難禁之狀。作者一下筆就直抒胸臆，以抒情開篇的詞並不罕見，但像這首詞起筆便是「尋尋覓覓，冷冷清清，淒淒慘慘戚戚」三句連用七對疊字，將一種愁苦難堪之情，自胸腑中噴薄而出，立即強烈地震撼了讀者的心弦。

「尋尋覓覓」四字既包含了作者流亡以來的不幸遭遇，又極準確、傳神地表現出她在極度孤獨中那種若失若有，茫無所措，要抓住一點什麼的精神狀態。

後十個疊字既寫環境又寫情，將難以名狀的複雜感情發展過程，由表及裏、由淺入深地一層層寫來，多麼細膩曲折，十四個字一氣而下，籠罩全篇，定下了感情基調，使以後逐次出現的景物，都染上濃重的感情色彩。

接著，作者集中寫孤獨難耐之情。「這次第，怎一個愁字了得。」作者在最後收束以上幾層可傷心之事，與開篇十四字上下呼應，終於點出一個「愁」字，感情的分量非常沉重，更妙的是：全篇寫愁，末了卻說，這情景用一個愁字怎

麼能說得盡呢？這樣，在結尾一句又把詞意推進一層，猶如異峰突起，遙指天外，使通篇餘音嫋嫋，不絕如縷。

了，雄姿英發，

雪。江山立

發，羽扇綸

中，談笑

些花檣櫓灰飛煙

滅，故國

神遊，

一時多

早生華髮

年

言志抒情篇

托物言志是古詩詞常用的
形式之一，而抒情也是
詩詞創作的主要動因之一，
在這些言志、抒情的詞篇
中，有的表現出對現實生活
的無奈，有對當政者的不滿
和憤慨，也有人生的真實感悟……
總而言之，這些都是作者真實情感的
流露，也是前人對世事、人生百態的看法，
讀之有益，有助於深悟其中的智慧和思想，有助
實中指導自己的生活……

人世間情是何物

摸魚兒·雁丘詞（邁陂塘）

——元好問

問世間情爲何物？直教生死相許。
天南地北雙飛客，老翅幾回寒暑，
歡樂趣，離別苦，就中更有癡兒女。
君應有語：渺萬里層雲，千山暮雪，
只影向誰去？
橫汾路，寂寞當年簫鼓，荒煙依舊平楚。
招魂楚些何嗟及，山鬼暗啼風雨。
天也妒，未信與，鶯兒燕子俱黃土。
千秋萬古，爲留待騷人，
狂歌痛飲，來訪雁丘處。

注　釋

· 邁陂塘：即《摸魚兒》，又名《山鬼謠》、《雙蕖怨》
　　　等。

· 直教句：直，竟。許，報答。

- 就中句：就中，在這裏面。癡兒女，以人喻雁。
- 君應有語三句：君，指殉情之雁。渺，渺茫、遼闊的樣子。暮雪，一作暮景。
- 橫汾路三句：橫汾路，指葬雁之處。這裏是以當日橫渡汾河時遊幸的盛況襯托今日的冷落。平楚，猶言平林遠樹，叢木叫楚。
- 招魂二句：《招魂》、《山鬼》均為楚辭篇名。何嗟及，好嗟何及。山鬼，山神。

問人世間情是什麼東西，它讓人生死相伴。大雁秋南下而春北歸，雙飛雙宿，形影不離，經寒冬，曆酷暑，無論是團聚，還是離別都彷彿在眼前，刻骨銘心，多像人間的那一對癡男怨女。

殉情的雁，僥倖脫網後，想未來之路萬里千山，層雲暮雪，形孤影單，再無愛侶同趣共苦，生有何樂呢？（不如共赴黃泉）在孤雁長眠之處，當年漢武帝渡汾河祀汾陰的時候，簫鼓喧鬧，棹歌四起；而今平林漠漠，荒煙如織，簫鼓聲絕，一派蕭索。

死者不能復生，招魂無濟於事，山鬼也枉自悲鳴。它的聲名會惹起上天的忌妒，雖不能說重於泰山，也不能跟鶯兒燕子之死一樣同歸黃土了事。

它的美名將「千秋萬古」，被後來的騷人歌詠傳頌。人們會飲酒歌唱來拜訪雁丘這個地方。

　　元好問是宋代金國著名詞人，字裕之，號遺山，爲北朝魏代鮮卑貴族拓跋氏的後裔。出身於士大夫家庭，七歲能詩，十四歲拜著名學者郝天挺爲師。

　　金宣宗興定五年，進士及第，官至尚書省左司員外郎。金亡不仕，回鄉從事著述，有詞集《遺山樂府》。

　　元好問一生歷經家國憂患，他的詩文冠絕金元兩代，反映了金元之際的社會矛盾和人民的苦難。這首詞是作者在金章宗時期所作，當時他到並州參加考試，在路途中遇到一個捕雁的人，捕雁者告訴他說：有兩隻大雁在這空中飛翔，一隻落入捕網，被捕雁人所殺，另一隻僥倖逃脫的大雁看到自己的同伴被殺，悲鳴著觸地而亡，以此殉情。

　　作者有感於大雁的癡情，從捕雁人的手中買下這兩隻死雁，把牠們一起葬在並州汾水邊上，還在石頭上做了標記，稱作「雁丘」。

　　望著亡雁，有感於大雁的癡情，作者想起了一件事：不久前在東邊的大名（今河北省大名縣）發生了一件震驚遠近的慘劇。一對青年男女，青梅竹馬，兩情相得，但他們的婚姻卻遭到雙方家庭的拼命反對。

　　他們誓結連理，至死不渝，便悄悄地手拉著手投荷塘而殉情。兩家見兒女失蹤，便報官追查，但是找遍大名各地，不見蹤影。

後來一個種藕的人在當地的荷塘裏發現了兩具屍體，衣裙猶鮮，經雙方家人辨認，正是他們的兒女。

說來奇怪，這年夏天，荷塘中的荷花開放時，竟然全都是並蒂蓮。人們都說並蒂蓮是這對青年的精魄所化，一時間在大名一帶傳得沸沸揚揚的，一直傳到元好問的家鄉秀容……作者對人、雁的這種至情和命運十分感慨，於是寫下了這首感人至深的詞作。

這首詞借歌詠殉情的大雁，抒寫了人間的真情至性。詞的上片寫大雁生死相許、生死相依的深摯情意。劈頭一問，貌似問情為何物，實則是對大雁的贊許。

然後回憶大雁昔日雙飛雙棲的甜蜜生活情景，雖然有過「離別苦」，但其中更有「歡樂趣」，在「幾回寒暑」的漫長歲月裏，它們像人間的癡情兒女一樣締造了生死與共的堅貞愛情。

「君應有語」以下四句，以擬人化的手法，描寫了殉情大雁的心理活動：你離我而去，面對渺遠的「萬里層雲」和茫茫「千山暮雪」的艱難行程，我隻身孤影，可向哪裡飛去？具體地描述了大雁殉情的緣由。

下片作者抒發憑弔殉情之雁的深沉感慨，並對大雁殉情的意義進行了熱烈的禮贊。在雁丘坐落之處，當年漢武帝的簫鼓笙歌，早已成為絕響，現今只剩下平林漠漠，荒煙如織，渲染了一種悽楚冷落的藝術氛圍。而大雁之死，連善於招魂的山神也無濟於事，枉自在風雨中哀啼。

大雁雖然不能死而復生，但牠生死相許的深情卻使上天也產生妒意，牠不會像鴛燕之類的鳥兒死後等閒地被黃土掩埋了事，牠的真情必將流芳後世，贏得千年萬古詞人墨客的熱情謳歌與禮贊。

宋词
下

胸懷壯志終成才

臨江仙 ——侯蒙

未遇行藏誰肯信，如今方表名蹤。

無端良匠畫形容。當風輕借力，一舉入高空。

才得吹噓身漸穩，只疑遠赴蟾宮。

雨餘時候夕陽紅。幾人平地上，看我碧霄中。

注　釋

- 未遇行藏：未遇，未遇明君，此指未考中進士。
- 名蹤：名聲和蹤跡，此指因風箏升天而揚名。
- 無端：無故。
- 蟾宮：傳說月宮中有蟾蜍，故稱月宮為蟾宮。古人把科
　　　　考及第說成蟾宮折桂，因此，蟾宮在此隱含科考及
　　　　第之意。

譯　文

　一直沒遇上聖明的君主，沒做上官，過著隱居的生活，

誰肯信服呢？而今才顯現了名聲和蹤跡：被人把自己的容貌，畫到風箏上，趁著風勢，借著風力，與風箏一起，飛上了高高的天空。剛剛得到風吹，風箏漸漸在天空穩當地飄起來了，還要打算遠遠地上天。雨過天晴，傍晚的落日通紅。從平地向上看，能有幾個人像我這樣上了天呢？

背景故事

北宋時，山東有個叫侯蒙的人，他自幼聰穎，而且讀書非常刻苦，真是到了「頭懸樑錐刺骨」的地步。由於勤於讀書，他對《五經》、《四書》、詩、詞、歌賦都十分精通。但很不幸，他一連幾次都沒能考取進士。這使得他不但內心受到難以形容的煎熬，而且還遭受到來自外部的各種冷嘲熱諷。但侯蒙就是能挺得住，終於在他三十一歲那年，考取了在當時並不怎麼了得的鄉貢。因此同鄉的人都瞧不起他。

有一天，村裡一群少年在放風箏，有個少年在風箏上畫了一個人像，這人像不是別人正是侯蒙。這個少年故意把侯蒙畫在風箏上來取笑他。

別人看了鄙夷地說：「我以為你畫的是什麼進士老爺，鬧了半天畫的是那個呆鳥！都三十出頭的人了，什麼活都不會做，只知點燈熬油地讀書，到現在還是個白身！」那少年不無得意地接著說：「侯蒙不是想飛黃騰達嗎？現在叫他上天飛一飛，看他羞不羞！」眾少年都笑了。

正在這時，侯蒙卻不聲不響地出現在大家身後，只見他

突然拍掌大喊一聲：「說得好！」眾少年一看是他，嚇得轟地一聲作鳥獸散，那少年還沒來得及跑，便被侯蒙拉住了。侯蒙因爲讀了一整天的書，有些頭昏腦漲，現在趁著夕陽西下，新雨初霽，出來散散步，看一些少年在村裡放風箏，一時好奇，湊了過來，便看到剛才發生的一幕。

而侯蒙居然不在乎少年的惡作劇，他從身邊的少年手裡要來了紙和筆，當場在風箏上填寫了一闋《臨江仙》詞，並把它贈給少年，讓他放飛。

皇天不負苦心人，第二年春闈考試，侯蒙一舉成名，考取了他多年來夢寐以求的進士。而且尤爲令人豔羨的，不到四十歲時，他便做到了戶部尚書，爲天下讀書人爭了一口奮發自勵的氣。

他的那首《臨江仙》表面上是寫風箏，骨子裏卻是諷刺封建社會那些往上爬的勢利小人。「當風輕借力，一舉入高空」。是這些人行徑的生動寫照。

上片寫那些勢利小人對他的譏諷。「未遇行藏誰肯信，如今方表名蹤。」一直沒有遇上聖明的君主，沒做上官，過著隱居的生活，誰肯信服呢？而今才顯現了名聲和蹤跡：被人把自己的容貌，畫到風箏上，趁著風勢，借著風力，與風箏一起，飛上了高高的天空。一方面，寫自己的無端被人嘲弄，無可奈何；另一方面，又是對那些苦苦鑽營，千方百計尋找機會往上爬的小人們的辛辣諷刺。一旦找到了機會，就會如同這風箏一樣，「當風輕借力，一舉入高空。」一語雙

關。

　　下片寫風箏飛入天空之後的情形。「才得吹噓身漸穩」，剛剛得到風吹，風箏漸漸在天空穩當地飄起來了，比喻某些人在社會上受到吹捧，獲得了穩固的社會地位。

　　「只疑遠赴蟾宮」，還要打算遠遠地上天。「雨餘時候夕陽紅」，雨過天晴，傍晚的落日通紅。這是形容飛黃騰達的景象。「幾人平地上，看我碧霄中」，從平地向上看，能有幾個人像我這樣上了天呢？進一步描繪了得勢小人洋洋得意的神態。

　　名義上是寫風箏，實際上是寫人，勾勒出一副勢利小人得勢後自鳴得意的面貌。

周郎火燒赤壁

念奴嬌赤壁懷古 ——蘇軾

大江東去，浪淘盡、千古風流人物。

故壘西邊，人道是、三國周郎赤壁。

亂石崩雲，驚濤拍岸，捲起千堆雪。

江山如畫，一時多少豪傑！

遙想公瑾當年，小喬初嫁了，雄姿英發。

羽扇綸巾，談笑間、檣櫓灰飛煙滅。

故國神遊，多情應笑我，早生華髮。

人間如夢，一尊還酹江月。

注　釋

- 赤壁：三國時著名的「赤壁之戰」的戰場，在今湖北蒲
　　圻縣西北，地處長江南岸。蘇軾遊覽的則是黃岡赤
　　壁。這裏僅借「赤壁」一詞以懷古抒情。

- 大江：指長江。

- 淘：沖洗。

- 千古風流人物：歷史上傑出的英雄人物。

- 故壘：舊時營壘。
- 人道是：人們傳說是。
- 周郎：周瑜，字公瑾。二十四歲就做吳國的中郎將，人稱周郎。
- 亂石崩雲：形容峭壁聳入天空。
- 千堆雪：形容很多白色的浪花。
- 小喬：喬玄有兩女，大喬嫁孫策，小喬嫁周瑜，兩人都是美女。
- 雄姿英發：氣概非凡，才華外露。
- 羽扇綸巾：鳥羽做的扇子，青絲綬的頭巾。這句以儒將服飾，描寫周瑜的瀟灑風度。
- 檣櫓灰飛煙滅：這句寫曹軍戰船遭火攻後被焚。
- 故國神遊：神往於赤壁這個歷史上有名的地方。
- 多情兩句：意思是應笑我懷古雖多豪情，但自己的頭髮早已變成花白，不能有所作為了。
- 酹：古代澆酒祭奠。

譯　文

　　滔滔的長江奔流不歇，千古風流人物被驚濤洗絕。人們都說，舊壘西邊的赤壁，三國周瑜曾建偉業。峭壁直插雲霄，怒濤拍擊江岸，浪沖岸阻捲如拋，湧起千堆皚皚雪。錦繡河山美如畫，當時湧現出多少豪傑！

　　遙想當年周公瑾，初娶小喬年正少，雄姿英發展才略，

言論見解更高超。持羽扇，戴綸巾，運籌帷幄，談笑間，敵船灰飛煙滅。神遊故國，世人應笑我多情，華髮早生。人生如夢，還須灑酒祭奠江月。

背景故事

　　這首詞是蘇軾謫居黃州時所作，當時作者四十七歲，自覺功業無成，借懷古來抒發自己的情懷，詞中所敘述的歷史事件是中國歷史上有名的赤壁之戰。

　　漢建安十三年（208），曹操寫信給孫權，說：「我奉天子之命，討伐叛逆之臣，揮師南進，劉琮已經束手投降。現在，我統率水步軍八十萬人，準備與將軍在吳地較量一番。」

　　孫權把這封書信給手下大臣看，他們全都大驚失色。

　　長史張昭等人說：「曹操是豺狼虎豹一般的人，他挾持天子，征討四方，動不動就說是朝廷的命令。如今我們若是抵抗，情形可能更加糟糕。何況將軍所用來抵擋曹操的，靠的是長江天險。現在，曹操佔據了荊州，劉表經營的水軍，幾千艘大小戰船，已經由曹操接管。曹操讓全部戰船都順流而下，再加上步兵，一齊前進。這樣，長江天險已是曹操與我們所共有的了；而兵力方面，我們又不如他們。照這樣看，還是應該投降曹操。」

　　只有魯肅沒有說話。孫權起身上廁所時，魯肅也追到房檐下。孫權知道魯肅有話要說，就握著他的手問：「你想說

什麼？」

魯肅說：「剛才我考慮大家的建議，其實都是在貽誤將軍。如果我現在投降曹操，曹操當然會讓我回鄉。憑我的名聲地位，總可以做個小官，出門可以乘牛車，帶幾個侍從，結交些士大夫，官做久了，慢慢地還能升到州郡一級。如果將軍投降曹操，準備到哪裡去安身呢？希望您趕緊決定，不要聽從大家的建議。」

孫權歎氣說：「這些人的話，太讓我失望了。你所說的，正和我想的一樣。」

周瑜當時奉命到鄱陽去，魯肅勸孫權召他回來。周瑜回來後，對孫權分析了當前的形勢：「現在北方還沒有完全平定，馬超、韓遂還駐守在函谷關以西，足已成爲曹操的後患。曹操南來，捨棄鞍馬，改乘舟船，到吳、越之地來一爭高下，地利上絲毫不佔便宜。現在又正值嚴寒，戰馬缺少草料，騎兵的戰鬥力要打一個折扣。曹操驅使中原的士兵遠道而來，到江河湖泊眾多的水鄉來打仗，水土不服，一定會生病。這都是用兵的大忌，曹操卻都貿然不顧。現在正是將軍打敗曹操的絕好時機，又怎麼能錯過呢？請讓我率領幾萬精兵，進駐夏口，保證能爲將軍攻破曹賊。」

孫權說：「曹操老賊早就想廢黜獻帝篡位了，只是顧忌袁紹、袁術、呂布、劉表和我而已。現在，那幾位英雄都被消滅，只剩下我了。我與老賊勢不兩立！你主張迎戰曹操，正合我心意，是上天把你賜給我啊！」

當時群臣都在，孫權拔出佩刀，砍向面前的奏案，說：「不論武將文官，敢再說投降曹操的，就與這張奏案一樣！」於是結束會議。

當天晚上，周瑜又去見孫權，說：「大家只看到曹操信中說有軍隊八十萬，慌亂恐懼，也不分析其中的虛實，就要投降曹操，真是太不像話了。

「現在我們根據實際情況分析一下。曹操率領的中原部隊不過十五、六萬，而且經過長期征戰，早已疲憊不堪；新近收編的劉表軍隊，頂多七、八萬人，而且士兵心裏都還疑慮不安。一支疲憊的部隊，再加一些疑慮不安的士兵，人數雖然多一點，但也並不值得害怕。我只需要五萬精兵，就足以制服他們。請將軍不必擔憂！」

孫權拍著周瑜的背說：「周公瑾，你這樣說，正合我的心意。張昭、秦松他們只知顧念自己的妻子兒女，為自己考慮，讓我很失望。只有你和魯肅與我的看法相同，這一定是上天派你們兩個人來幫助我。

「五萬精兵，不容易一下子集結，我已經選了三萬人，戰船、糧草和武器也都準備好了。你和魯肅、程普先率領軍隊出發，我繼續調撥人馬，運送物資糧草，作為你的後援。你若覺得能夠打敗曹操，就在戰場上將問題解決；如果情況不妙，就先退回來，讓我與曹操一決高下。」

於是，孫權任命周瑜、程普為左右二軍統帥，帶領軍隊與劉備聯合，一起迎戰曹操，任命魯肅為贊軍校尉，協助籌

畫戰略。

　　劉備駐守在樊口，每天派人巡邏，在江邊眺望，等候孫權的部隊。巡邏的人看到周瑜的船隊，立刻騎馬報告劉備。

　　劉備派人前去犒勞，周瑜說：「我有軍務在身，不能委派別人。如果劉備能屈尊前來相會就好了。」

　　劉備聽了，就搭一艘小船去見周瑜，說：「抵抗曹操，真是一個明智的選擇。你們有多少兵力？」

　　周瑜說：「三萬。」

　　劉備說：「可惜少了點。」

　　周瑜說：「這就足夠了，您只需看著我擊敗曹操就可以了。」

　　劉備想要召魯肅等來一起商議，周瑜說：「他也有軍務在身，不能隨便委託給別人。如果您想見魯肅，可以去他那裏。」劉備很是慚愧，但心裏也很高興。

　　周瑜率軍繼續前進，在赤壁與曹軍相遇。當時曹操的士兵中，已經有很多人因為水土不服而生病。第一次交鋒，曹軍失利，退到長江北岸。周瑜等人在長江南岸駐紮。

　　周瑜的部將黃蓋說：「現在敵眾我寡，很難長時間相持。曹軍現在把戰船連在一起，首尾相連，用火攻可以打敗他們。」於是選了十艘戰船，裝上乾草和枯柴，在裏邊澆上油，外面用帳篷蒙起來，上邊插著旌旗；另外準備了快艇，繫在船尾。

　　黃蓋派人送信給曹操，假裝向他投降。當時東南風正

急，黃蓋把十艘戰船排在最前面，到江心時升起船帆，其餘的船也跟在後面。曹軍官兵都走出軍營張望，指著船說黃蓋來投降了。

黃蓋等離曹軍的船還有二里多遠時，下令把十艘戰船同時點燃。著火的戰船借著風勢，像箭一樣向前飛駛，把曹軍船隻全部燒光，火勢還蔓延到陸地上的營寨。一時之間，火光沖天，曹軍人馬燒死和淹死的不計其數。

周瑜等人率領精銳騎兵隨後進攻，戰鼓聲震天動地，大敗曹軍。曹操率領剩下的部隊從華容道撤退，道路泥濘不通，又刮起大風。曹操讓傷病殘弱的士兵背負柴草，墊在路上，騎兵才得以通過。墊路的士兵被人馬踐踏，又死了很多。劉備、周瑜水陸並進，追擊曹操，一直追到了南郡。

蘇軾這首被譽為「千古絕唱」的名作，是宋詞中流傳最廣、影響最大的作品，也是豪放詞中最傑出的代表。此詞開篇即景抒情，時越古今，地跨萬里，把奔流不盡的大江與名高累世的歷史人物聯繫起來，佈置了一個極為廣闊而悠久的空間、時間背景。

接著「故壘」兩句，點出這裏是傳說中的古赤壁戰場，借懷古以抒感。緊接著作者寫周郎活動的場所赤壁四周的景色，形聲兼備，富於動感，以驚心動魄的奇偉景觀，隱喻周瑜的非凡氣概，並為眾多英雄人物的出場渲染氣氛，為下文的寫人、抒情做好鋪墊。

上片重在寫景，下片則由「遙想」領起五句，集中筆力

塑造青年將領周瑜的形象。並用「小喬初嫁了」這一生活細
節，以美人烘托英雄，更見出周瑜的丰姿瀟灑、韶華似錦、
年輕有爲，足以令人豔羨；同時也使人聯想到：贏得這次抗
曹戰爭的勝利，乃是使東吳據有江東、發展勝利形勢的保
證。「雄姿英發，羽扇綸巾」，是從肖像儀態上描寫周瑜裝
束儒雅，風度翩翩。詞中只用「灰飛煙滅」四字，就將曹軍
的慘敗情景形容殆盡。以下三句，由憑弔周郎而聯想到作者
自身，表達了詞人壯志未酬的鬱憤和感慨。「多情應笑我，
早生華髮」爲倒裝句，實爲「應笑我多情，早生華髮」。此
句感慨身世，言生命短促，人生無常，深沉、痛切地發出了
年華虛擲的悲歎。「人間如夢」，抑鬱沉挫地表達了詞人對
坎坷身世的無限感慨。

　　「一尊還酹江月」，借酒抒情，思接古今，感情沈鬱，
是全詞餘音嫋嫋的尾聲。「酹」，即以酒灑地之意。這首詞
感慨古今，雄渾蒼涼，大氣磅礡，把人們帶入江山如畫、奇
偉雄壯的景色和深邃無比的歷史沉思中，喚起讀者對人生的
無限感慨和思索，融景物、人事感歎、哲理於一體，給人以
震撼的藝術力量。

王安石之弟詠春言志

清平樂（留春不住）　　——王安國

留春不住，費盡鶯兒語。
滿地殘紅宮錦汙，昨夜南園風雨。
小憐初上琵琶，曉來思繞天涯。
不肯畫堂朱戶，春風自在楊花。

注　釋

・滿地殘紅宮錦汙：言滿地的落花敗葉，像是把宮錦弄髒
　　了一樣。宮錦，古代專為宮廷織造的錦絹。

・小憐：北齊後主高緯寵妃馮淑妃的小字。此處代指歌女。

・初上琵琶：剛剛彈起的琵琶之聲。

・不肯畫堂朱戶：不肯被豪門望族養在庭苑中。

譯　文

　　黃鶯兒不停地鳴叫，也未能把春色留在人間。南園裏的
鮮花經過一夜的風雨，落英繽紛，好像是宮廷錦繡被弄得點

點斑斑。歌女剛剛彈起琵琶，便引出我思緒萬千。看那漫天飛舞的柳絮在春風中怡然自得，卻不肯飄入畫堂朱戶的豪門大院。

背景故事

王安國是著名改革家王安石的弟弟，他和哥哥一樣自幼苦學，後來做了秘書閣的校理之官。

王安國為人正直，從不依附別人，也不依靠哥哥的地位謀取私利。就是哥哥王安石推行新法時，他有自己的不同看法，也是常與哥哥爭論，從不肯隨意附和。

一次，王安國正在家中津津有味地吟讀晏殊那首膾炙人口的《采桑子》：

時光只能催人老，不信多情，長恨離亭，淚滴春衫酒易醒。

梧桐昨夜西風急，淡月朧明，好夢頻驚，何處高樓雁一聲？

這首詞寫出了人生一種深沉的感慨。

王安國吟讀著，覺得這首詞音節響亮，情感深沉，猶如天際幾聲雁鳴。儘管是那樣短促的數聲，卻如此悲涼淒切，盤旋迴盪，讀後使人心潮久久難以平靜。吟讀著它，真如飲一杯醇香的美酒，給人無窮的回味魅力。

王安石看到王安國讀《采桑子》讀得如醉如癡，便打趣地對他說：

「晏殊是朝廷的重臣，也填詞取樂嗎？」

言外之意是，有官職身分的人不應該去觸及詞這種「豔

科」。

王安國聽了哥哥的話，很不以爲然，更爲晏殊抱不平，因此便十分不客氣地回敬了哥哥一句：難道塡詞就只是爲了取樂嗎？

這可以看出王安國不以爲作詞便有損於朝廷大臣的風度，相反，他倒覺得哥哥王安石有些過分固執了。

其實，王安國有些誤解哥哥。因爲王安石自己也塡詞，如他寫的《桂枝香‧金陵懷古》，不僅在當時廣爲人們傳唱，使一時洛陽紙貴，而且還成爲千古絕唱。

王安國在仕途上非常不順利，朝廷不重用他，而且在不如意的官場生活中，終於被當朝的權貴呂惠卿——這個先是諂媚逢迎王安石，得勢後又反過來陷害、排擠王安石的小人，借事加害，最後丟棄官職，被放歸故里。

儘管受到這種打擊，但他卻對此漠然處之。他當時寫下了一首《清平樂》詞，便是他心境的最好證明。

這首詞是一首詠春兼言志的小令。在詞中，王安國寫出了自己的志趣，那就是：輕視世俗的榮華富貴，追求自由自在的生活。那麼昏庸險惡的官場怎麼又能留住王安國呢？

在此詞中上片寫惜花惜春的情意，首二句使用倒裝法，強調留春不住的悵恨，不說人殷勤留春，而借「費盡鶯兒語」委婉言之，別致有趣。作者以美麗的宮錦被汙，比喻繁花在風雨中凋落，意象新鮮。

下片忽地轉入聽琵琶的感受，於虛處傳神，表現女子傷

春念遠的幽怨。末二句並非實詠楊花，而是承接上文喻琵琶女品格之高，藉以自況。本詞清新婉麗，曲折多致。

漢宮春（瀟灑江梅）　　　——李邴

瀟灑江梅，向竹梢疏處，橫兩三枝。

東君也不愛惜，雪壓霜欺。

無情燕子，怕春寒、輕失花期。

卻是有、年年塞雁，歸來曾見開時。

清淺小溪如練，問玉堂何似，茅舍疏籬？

傷心故人去後，冷落新詩。

微雲淡月，對江天、分付他誰？

空自憶、清香未減，風流不在人知。

注　釋

- 東君：傳說中的司春之神。

- 塞雁：塞北南歸的大雁。

- 練：白色的絲絹。

- 玉堂：豪門貴族家的廳堂。

- 故人：指北宋初年詩人林逋。

　　瀟瀟灑灑的江邊紅梅，向著竹梢稀疏之處，橫斜地伸出兩三枝。春神對它並無憐惜之意，任憑它枝頭雪壓霜欺。連那無情的燕子也因害怕春寒，輕易地錯過梅花綻放的佳期。只有塞上鴻雁，年年北歸時能見到梅花滿枝。潺潺的流水清澈如絹，敢問豪富之家，怎比得茅屋疏籬的庭院，梅花在這裏更顯幽姿。

　　令人傷心的是，自從林處士故去，再沒有人寫出令人歎賞的詠梅新詩。雲層淡淡，月色濛濛，面對如此江天，江梅的孤高還有誰知？這些話不過是自己的想像，那梅花的清香並沒有減退，風流雅韻，並不在乎有沒有人相知。

147

　　生活在南北宋之交的李邴，他少年早熟，不但勤苦讀書，而且他有著非凡的志向，要為國家出力獻策。徽宗崇寧五年李邴業已順利考取進士，但此時的他卻還沒能做上頗為滿意的官職。

　　可是當時有人見到他便會有意無意地問：「李邴，你怎麼會有『問玉堂何似，茅舍疏籬』的感覺呢？玉堂可就是翰林院這清貴之地呀，看來您是已做好當翰林學士的準備了？當然，您這可真是絕妙之句啊！」

　　而李邴聽到後也總是樂呵呵地笑著回答對方，「哦，是

嗎？」應該說，李邴心裏對此也是頗爲快意的，因爲這語句就出自他的少年得意詞作《漢宮春》。

但只是李邴許久也沒有得到遷調官職的好運，而且到徽宗政和年間，他還遇上了家中父母親相繼病故的哀傷之事。作爲孝子，他得回山東老家守禮戴孝。等到李邴重新回到朝廷時，已經受到冷落了。於是，他不由感到一陣莫名的孤獨和寂寞。

正在此時，跟他曾爲同官舍的王黼卻已升任到丞相這一令人羨慕的職位。王在獲悉李已回京，卻還沒有落實有關任職政策時，遂派人邀請李到他家裏做客。爲此，李邴也就去拜訪了。席間，王黼把他所有的美姬盡行叫出來唱歌跳舞，以便喝酒助興。此時，原本心情極度不佳的李邴忽然間聽到了一曲特別熟悉的歌聲，那不就是自己的詞作《漢宮春》嘛！李邴當即興高采烈地舉杯跟王黼碰了又碰，乾了又乾，雙方一直飲到大醉，李方辭歸。

原來，丞相王黼也很是欣賞李邴這首《漢宮春》詞，現在見自己有能力提拔李邴一把了，便特意令人在宴席上歌唱起以李詞譜成的歌，這無疑使李邴深爲感動。

沒有多長時間，李邴就被任命爲翰林學士。此後他還因善於出謀劃策，在苗傅、劉正彥造反時，他一邊以言辭剖明利害禍福關係，一邊使殿帥王元等做好擊敗反賊的準備。再就是他後來出任參知政事，並授資政殿學士等，終於圓了他少年時期就要直入玉堂主持工作的好夢。

詠梅以言志

卜運算元（詠梅）

——陸游

驛外斷橋邊，寂寞開無主。
已是黃昏獨自愁，更著風和雨。
無意苦爭春，一任群芳妒。
零落成泥碾作塵，只有香如故。

- 驛：驛站，古代官道上設置的供行人休憩的客棧。
- 無主：指沒有人觀賞和培護。
- 著：經受，遭受。
- 碾作塵：指驛邊梅花飄落於路，被往來的車輛碾成了塵
   土。

　　驛站旁的斷橋邊，一枝梅花獨自綻放，無人愛惜。已到
了黃昏時分，她還在獨自感傷，更何況淒風苦雨擊打著花

枝。她無心與百花爭奇鬥豔，任憑百花嘲笑妒忌。縱然是落花片片被碾成塵土，那幽香也會長存不息。

背景故事

西元1162年，宋孝宗起用了抗金老將張浚為右丞相，都督江淮路軍馬，對女真侵略者形成了強大的威懾力量。這時，陸游受命起草了兩個重要文件，準備在外交上聯絡西夏，爭取協助，共同抗金。陸游深以能夠參與抗戰的機要工作為榮，一心要打退敵軍，恢復中原。

不幸的是，抗戰失利了，主和派又抬頭了。宋孝宗起用秦檜餘黨湯思退為丞相。陸游在朝廷上也日益處於不利的地位。不久，就被調任建康通判，又改調鎮江通判。這時恰逢張浚巡視江、淮，來到鎮江。他們在一起計劃著如何重整武備，進行反攻，以期報仇雪恥。

這時，張浚掌有山東、淮北忠義軍一萬二千人，駐守泗州。金人聽到這個消息，立刻下令撤兵。只要當時的朝廷堅持抗戰，事情是大有可為的。可是孝宗於隆興二年（1164）四月，撤銷了江淮都督府，罷免了張浚，正式與金人簽訂了「隆興和議」。

簽訂和議的第二年，陸游被調到離前線更遠的隆興（今江西南昌）任通判。不久，又假罪「交結台諫，鼓唱是非，力說張浚用兵」，而免除了他的職務。

陸游回到故鄉山陰寂寞地度過了四個年頭。直到乾道五

年，朝廷才勉強給他一個夔州通判的職務。這時，陸游已經四十五歲，因久病不能赴任。第二年，他才攜家眷開始了西行萬里的遠遊。

赴任途中的一天黃昏，陸游走出驛站散步。寒冬的冷風陣陣吹來，滴滴小雨隨風灑落，泥濘的路上行人稀少。他本想在廣闊的空間裏透透心中的鬱悶，誰知淒風冷雨更增添了他的憂愁。他慢慢往前走，往事一一湧上心頭：科舉第一，雲程在即，卻被秦檜所害，斷送了無限風光；精忠報國，誠心勸諫，換來了誹謗和誣陷；國家風雨飄搖，自己流落他鄉……走到斷橋邊上，忽見昏暗中幾株梅花傲然綻放在橋邊。腳下的落花靜靜地鋪在地上，儘管人踏車碾化作塵泥，卻依然散發著馥鬱的清香。

看到梅花，陸游心有所感，於是揮筆寫下了這首《卜運算元》詞。

詞的上半闋著力渲染梅的落寞淒清、飽受風雨之苦的情形。「驛外斷橋邊」是雙層的荒涼之地，「驛外」之梅是無主的野梅，無人照看與護理，其生死榮枯全憑自己。

「斷橋」已失去溝通兩岸的功能，唯有斷爛木石，更是人跡罕至之處。由於這些原因，它只能「寂寞開無主」了，「無主」既指無人照管，又指梅花無人賞識，不得與人親近交流而只能孤芳自賞，獨自走完自己的生命歷程而已。

「已是黃昏獨自愁」是擬人手法，寫梅花的精神狀態，身處荒僻之境的野梅，雖無人栽培，無人關心，但它憑藉自

己頑強的生命力也終於長成開花了。可是，野梅爲何又偏在黃昏時分獨自愁呢？因爲白天，它尙殘存著一線被人發現的幻想，而一到黃昏，這些微的幻想也徹底破滅了；不僅如此，黃昏又是陰陽交替，氣溫轉冷而易生風雨的時辰。所以，除了心靈的痛苦之外，還要有肢體上的折磨，「更著風和雨」。

這內外交困、身心俱損的情形將梅花之不幸推到了極處，野梅的遭遇也是作者以往人生的寫照，傾注了詞人的心血！

下半闋寫梅花的靈魂及生死觀。梅花生在世上，無意於炫耀自己的花容月貌，也不肯媚俗與招蜂引蝶，所以在時間上躲得遠遠的，既不與爭奇鬥妍的百花爭奪春色，也不與菊花分享秋光，而是孤獨地在冰天雪地裏開放。即使花落了，化成泥土了，軋成塵埃了，其品格就像它的香氣一樣永駐人間。這精神正是詞人回首往事不知悔、奮勇向前不動搖的人格宣言！

「群芳」在這裏代指「主和派」的小人。社會現實正是如此，在腐敗的政權下，「持身正大」比做貪官污吏要困難得多，陸游因「喜論恢復」而屢遭罷黜，至死也未實現自己的理想，他無意於功名富貴卻始終不泯「爲國戍輪台」之思，其愛國情操、高風亮節，像梅花「質本潔來還潔去」一樣，譜寫出了時代的正氣歌。

❦ 孤清抑鬱的貶謫之情

虞美人
宜州見梅作

──黃庭堅

天涯也有江南信，梅破知春近。
夜闌風細得香遲，不道曉來開遍向南枝。
玉台弄粉花應妒，飄到眉心住。
平生個裏願杯深，去國十年老盡少年心。

注　釋

- 宜州：今廣西宜山縣。
- 梅破：梅花含苞待放。
- 開遍向南枝：因向著太陽，較溫暖，故南枝先開。
- 玉台：梳粧檯。
- 個裏：個中，此中。
- 去國：離開朝廷，言遭貶。

雖遠在天涯，卻彷彿嗅到了江南春天的氣息，因為那初綻的梅花，預告了春天的來臨。

深夜，輕風吹過，送來縷縷花香，清晨時驚見向陽的枝頭梅花開遍。這不就是那落到壽陽公主額頭上的梅花嗎？正是巧妝扮。若在平時，對此美景，總要把酒喝個夠，可如今，離開故國十年，歲月無情，再無少年心志。

背景故事

宋徽宗崇寧二年（1103），黃庭堅因寫過《承天院塔記》而遭人誣陷，得罪權貴，以「莫須有」的罪名，再次被貶，押送到宜州（今廣西宜山），受人監視管制，開始過著完全沒有人身自由的「囚人」生活。

在這種苦難的生活中，有一天夜裏，微風送來陣陣清香。循味看去，原來已是東風吹拂，隆冬將逝，春天已近。

不是嗎？隨著梅香飄拂，一梅報春，那豔杏燒林，緗桃繡野的春天轉瞬就要再臨人間了，真是梅先天下春。

聞著梅的清香，觀賞梅的英姿，黃庭堅的心中為梅的高潔情操所陶冶著。人們讚賞梅花那種疏影橫斜的風韻，清雅宜人的幽香，但此時此刻對遭受不幸的黃庭堅來說卻引不起多大興趣。黃庭堅此時想到的是，梅花愈老愈顯得蒼勁挺秀，生機盎然，老梅濃而不豔、冷而不淡、迎霜破雪、獨步

早春的精神，不正是自己應具備的嗎？觸景生情，想起往日賞梅，若遇上這樣的良辰美景，當會一醉方休。

今非昔比，十年的貶謫生涯，歲月流逝，心力衰竭，再也沒有少年時的心志了。黃庭堅百感交集，揮毫填了這首《虞美人》詞，以抒發自己內心的憂傷與痛苦。

在這首詞中，黃庭堅抒發了自己內心的憂傷與痛苦。上闋寫梅花盛開報春來，但正是梅花盛開使詞人久盼驟得而喜意盈懷的微妙心理活動，這其中折射出詞人孤清抑鬱的貶謫之情。

下闋由花及人，寫春花給人們帶來的春情，但詞的最後一句卻道破了詞人對長期遭貶而無法控制的內心不滿。

儘管這首詞是為消愁解悶而填，但這並沒有使他消沉，後來他克服種種困難毅然開館講學，傳播文化知識，得到人們的愛戴和擁護。

由於他受的是政治管制，所以不僅居住條件差，就連飲食也十分糟糕。人們知道後，便不顧有人監視，經常送些木瓜、粟米、山芋、芭蕉等東西。

在黃庭堅身患重病的時候，附近的老百姓們時常有人去探望他，並熱心地為他熬藥煎湯，有的人還送來人參等名貴的藥材；而那些達官貴人卻都避而遠之，像躲避瘟疫一樣，走得遠遠的。

黃庭堅只在宜州生活了兩年，到宋徽宗崇寧四年他便病逝了。但就是這短短的兩年時間，他卻給宜州的老百姓留下

了極深的印象。

黃庭堅去世以後，宜州老百姓爲了紀念他，建造了一座「山谷祠」，祠內的牆上鑲嵌著他的石刻像，祠旁邊專門爲他建築了埋葬有他衣冠的衣冠墓。

難覓千古英靈

水調歌頭
送章德茂大卿使虜

——陳亮

不見南師久，謾說北群空。

當場只手，畢竟還我萬夫雄。

自笑堂堂漢使，得似洋洋河水，依舊只流東。

且復穹廬拜，會向蒿街逢！

堯之都，舜之壤，禹之封。

於中應有，一個半個恥臣戎。

萬里腥羶如許，千古英靈安在，磅礴幾時通？

胡運何須問，赫日自當中！

注　釋

- 章德茂：名森。淳熙十一年（1184）八月使金，祝賀新
　　　年。詞即感此而作。

- 虜：指金國。

- 南師：南宋的軍隊。

- 謾説北群空：隨便説北方沒有豪傑。
- 只手：能夠支撐局面，強而有力的人。
- 畢竟還我萬夫雄：到底還是我朝擁有萬夫莫當之雄傑。是對章德茂的稱讚。
- 堂堂：莊嚴正大。
- 得似：哪能像。洋洋：形容水很浩大。此三句是陳亮設想章德茂會失笑，説我堂堂漢使，哪能像河水東流那樣，還年年向金廷朝拜呢？
- 且複：姑且再一次。
- 穹廬：指金人住的氈帳。
- 會：當、應。
- 蒿街：漢代長安城內專供外族人居住之地。漢元帝時陳湯曾出使西域，計斬郅支單于首，上疏請「懸頸蒿街」。
- 都：國都。
- 壤：土地。
- 封：疆域。
- 恥臣戎：恥於向敵人稱臣。
- 如許：像這個樣子。
- 千古英靈：以前抗敵的英雄人物。
- 磅礴：浩然正氣。
- 胡運：指金朝的氣數。
- 赫日自當中：南宋國勢如烈日當空。赫，火紅貌。

久久不見南方義師出兵北上,不等於說我宋朝就沒有人才。像你這樣獨當一面的人物,畢竟顯示了我華夏子孫的英勇氣概。你身為堂堂漢使,確實值得驕傲自豪,人心永遠向著祖國,有如河水只顧東流。暫且再向金主作一次朝拜,總有一天會把敵酋擒到萬街遊鬥。

祖國啊!你是堯的京都,舜的國土,禹的疆城,這中間總有些人向敵人屈膝卑躬。美好的河山被金兵弄得臭氣熏天,那千百年來為國捐軀的無數先烈英靈何在,我們民族的浩然正氣何時才能光大發揚?不必疑問,敵人滅亡的命運早已註定,而祖國的復興猶如紅日一定要照遍長空!

背景故事

宋王朝南渡之後,朝廷中的主戰派和主和派在不斷地進行著尖銳的鬥爭。但由於最高統治者苟且偷安,沉湎於美人歌舞樓臺,所以總是以主和的逆流衝垮主戰者的陣營而告終。

於是,從南宋都城臨安通往開封(金人南遷以此為都城)的道路上,「冠蓋使,紛馳騖」,被派到金國去進貢請和的使臣連綿不絕。

特別是「隆興和議」以後,金與宋兩國約為叔侄之邦。於是,每年金國邦主生辰之時,南宋小朝廷都得卑躬屈膝地派使者,帶著大量的財物作為壽禮,去給「大金皇帝」祝

壽。這喪權辱國的奇恥大辱，令天下的有識之士義憤填膺。

宋孝宗淳熙十一年（1184），四川人章森（字德茂）奉朝廷之命出使金國祝金正旦（正月初一），此時正值金世宗完顏雍回黑龍江舊京巡視，通告南宋朝廷「正旦，生辰使權止一年」。第二年的十一月，章德茂以南宋大理少卿充賀金國生辰國信使，出使金國，恭賀完顏雍的誕辰。

這一切使廣大愛國人士深以爲恥。對他們來說，恥之愈深，憤之愈切，由衷地迸發出更加熾烈的愛國熱情。

在爲章德茂送行的宴會上，當時浙東學派的著名代表、辛棄疾的摯友陳亮慷慨激昂，寫下了一首《水調歌頭》詞。這首詞用磅礴的民族正氣激勵章德茂，希望他能以「堂堂漢使」和「萬夫雄」的氣概，在屈辱的使命中維護民族的尊嚴。

上片爲友人壯行。「不見南師久」，暗含對朝廷不思北伐的不滿。「謾說北群空」，強調宋朝有人才。「當場」以下，以國家與民族的奇恥大辱激勵章森，希望他能不辱使命，做個堂堂正正的漢使。

下片抒發作者胸中的感慨。「堯之都」以下五句，以連珠式的排句噴薄而出，二十字一氣貫注，痛切呼喚千古不滅的民族之魂。這幾句慷慨激昂，使人拊袂而起，充分顯示了全詞的主題。

結句「胡運何須問，赫日自當中」，痛快淋漓地傾瀉了豪情，對未來充滿了信心。

此詞既批判了昏庸的朝廷，又贊許鼓勵友人的出使，還

鞭撻了敵人的罪惡。作者在表現這些複雜曲折的心情時揮灑自如，從本是有損民族尊嚴的行為中，表現出強烈的民族自豪感；從本是可悲可歎的被動局面裏，表現出誅滅敵人的必勝信心。

這首詞也借送章德茂出使金國，抒發了陳亮自己力主恢復中原、反對議和的志願。詞中表現出了強烈的民族自豪感和必勝的信念。給人以戰鬥的鼓舞和奮進的力量。

喜遷鶯

——蔡挺

霜天秋曉，望紫塞故壘，黃雲衰草。

漢馬嘶風，邊鴻翻月，隴上鐵衣寒早。

劍歌騎曲悲壯，盡道君恩須報！

塞垣樂，盡櫜鞬錦帶，山西年少。

談笑。刀斗靜，烽火一把，時送平安耗。

聖主憂邊，威靈遐布，驕虜且寬天討。

歲華向晚愁思，誰念玉關人老？

太平也，且歡娛，莫惜金樽頻倒！

注　釋

- 故壘：邊塞的舊營壘。

- 櫜：櫜，袋子；，馬上盛弓的器具。這裏引申為收藏。

- 刁斗：軍中用具，銅質，有柄。白天用來燒飯，夜間擊
  以巡更。

- 平安耗：報平安的消息。耗，消息、音信。

譯　文

　　秋天的清早，邊關上紫氣籠罩，一片黃葉衰草。漢馬在秋風中嘶叫，殘月下鴻雁報曉，士兵鎧甲的寒氣未消。舞劍練騎戰歌悲壯，歌詞中全是說君恩須報。邊塞一派歡樂，兵器全都收藏，山西少年錦帶加身多榮耀。刁斗聲喧伴談笑，只需燒一把烽火，經常向京城報送平安無擾。聖明的君主惦念著邊關，國威使遠方的異族心服，驕橫的敵人暫且還不必去征討。但畢竟歲月不饒人，只可歎守關人已年老。太平盛世，盡情歡樂，不要吝惜杯中酒頻頻倒。

背景故事

　　北宋時期蔡挺奉命出守邊疆，他曾在仁宗當政時就出知慶州，在那裏，他多次率軍打敗前來進犯的西夏軍隊，為北宋王朝立下了赫赫戰功。神宗即位後，他的官銜已被加封為天章閣待制，知渭州。已經有著多年邊塞生活經歷的蔡挺，就又加緊做好訓練士卒的準備工作。

　　可是為朝廷戍守邊塞立下大功的蔡挺，由於長時間在邊塞生活也感到邊塞生活的艱苦和勞累，以至於都有些鬱鬱寡歡了。一天晚飯後，他獨自一人在後花園裏散步，想想自己多年來邊塞生活的清苦和單調。驀然間，一首具有雄放風格且又帶著淡淡哀傷情感的詞作《喜遷鶯》，便在他的心中成形了。他急忙回到軍營裏的書房，急速把它記錄了下來。

　　心中有幾分得意的蔡挺手裏拿著剛寫就的詞稿，又回到

了後花園，面對著較爲可人的景致想要繼續推敲時，卻冷不防遇到了他的兒子蔡朦。蔡朦看見爸爸在低頭沉思，就上前問詢他在思考些什麼；蔡挺把手中這新填的詞作給蔡朦看了。這蔡朦忽然說有急事，便把他老爸這詞作放進了自己寬大的衫袖中匆匆離去。

再說這蔡朦，當他外出時，因行走慌張竟然把爸爸的那首詞作遺落在了後花園裏。而此時，正來打掃花園的守門老頭看見它便撿了起來。但由於他並不認識字，就把它交給了府中一位認識字的先生，問他這究竟是什麼意思。

這人一看是首難得的佳作，便對老頭略微搪塞了幾句並要他對此事保密，老頭卻也不敢再去問個清楚了。原來這人想憑藉這首詞在大帥面前討好一番，而且他跟府中的歌妓領班關係很親密，便讓她在即將舉辦的府中宴會上開唱。

朝廷當時正好派人給士兵們送軍衣，蔡挺擺酒宴招待那位送軍衣的軍官。在宴會廳裏，那歌妓領班就唱起了蔡挺這首新作《喜遷鶯》。

正在暢飲中的蔡挺聽了這首詞曲，心裏不由得大爲驚奇：這詞不就是自己不久前完成的新作嘛！怎麼沒經自己同意就給唱了出去，而且還唱給這位京城派來的官員聽呢？萬一搞不好，自己還會受到牽連，因爲詞中有抱怨邊塞生活清苦的跡象，如果被人借此誣告，自己可就是引火上身了。因此他不等退席，竟勃然大怒地命人把傳播這詞的歌妓及其相關人員查究一番。

經眾人苦苦地說情，他才不再追究。而朝廷派來的那位官員在離去時，還叫人把這首佳作抄了下來，以便讓他帶到宮中去傳唱。

由於宮廷裏歌姬那美妙歌喉的效用，這首詞就連皇帝也都知道了。當皇上聽到那句「誰念玉關人老」時也十分感慨，當時樞密院正好有空缺名額，於是便想讓蔡挺回京任職。

不久，蔡挺果然當上了樞密副使。而這還要得益於他的那首《喜遷鶯》。《喜遷鶯》慷慨雄豪，是作者人品與詞品的絕妙象喻。上片從平淡處入手，以邊塞秋景自然領起。此處的景物都是虛寫，旨在渲染塞上所特有的荒寒寂寥。「霜天秋曉，正紫塞故壘，黃雲衰草」三句，從靜態的方面來摹寫。邊塞秋曉，霜空無際，冷氣襲人。步出帳外，只見曉色中隱約可見的故壘和低壓的黃雲下，那隨風搖曳的枯草衰蓬。繼之而下的「漢馬嘶風，邊鴻叫月」兩句是從動態的方面著筆。透過「叫」字與「嘶」字對舉，把邊塞的風貌活生生地展現眼前。

「隴上鐵衣寒早」一句，以「隴上」和「寒早」與前面的秋景相應和，同時自然地以「鐵衣」二字引出戍邊士卒。因此，這之後便以「劍歌騎曲悲壯」直接敘寫守邊少年慷慨報國的豪情。「盡道君恩須報」一句順勢而下，豪俠之氣衝紙而出。而當時仁宗皇帝對戍邊士卒也能體恤。於是，作者吟出「塞垣樂，盡櫜鞬錦領，山西年少」這樣有激情、有氣勢的詞句。櫜是裝甲冑、弓箭的袋子，鞬錦領指戰袍。這裏

是說衣甲鮮明的少年將士深覺從軍守邊之樂。

上片由寫景到寫人，情緒則由低抑到高昂。下片「談笑」二字須與「刁斗靜」相連理解，才能得其真意，這不是一般生活中的談笑，而是說從容鎮定之間就把邊事平定了。當然，就宋與西夏之間當時的局勢來說，也只是做到了緊守邊關，保得邊境無事。

「刁斗靜」是說夜間不必擊刁斗以警戒：「烽火一把，時送平安耗」，也是這個意思。唐代邊塞烽火臺每夜放煙一炬，稱為「平安火」。這幾句一方面寫出了當時的大好形勢，另一方面對前面表現出來的昂揚士氣做了一個不露痕跡的補充收結。

「聖主憂邊，威靈遐布，驕虜且寬天討」，這幾句是說朝廷採取守邊的策略，對化外之民，想用仁義去感化他們，不用武力去鎮壓，等待他們自己來歸順。這三句又為後面的兩句做好鋪墊。「歲華向晚愁思，誰念玉關人老」二句，一反前情，忽作悲愁之語。其實，這正是詞人「渭久，鬱鬱不自聊」的結果。

由於作者後半生生活在窮荒邊塞，且多屬太平時期，因此，他自然會生出歲晚難歸、年華空逝的歎息。全詞以「太平也，且歡娛，莫惜金樽頻倒」作結，對前面表露出的兩種不同情緒都起到了回應的作用。一方面，因為邊境平靜，使得少年壯士有此「金樽頻倒」的豪情；另一方面，這又是作者因歸去無望，暫且把酒自寬的情緒。

繁華背後的孤獨

青玉案（元夕）

——辛棄疾

東風夜放花千樹，更吹落，星如雨。

寶馬雕車香滿路，鳳簫聲動，

玉壺光轉，一夜魚龍舞。

娥兒雪柳黃金縷，笑語盈盈暗香去。

眾裏尋他千百度，驀然回首，

那人卻在，燈火闌珊處。

注釋

- 花千樹：形容花燈極多，如同千樹萬樹都開滿了鮮花。
- 星如雨：指焰火好像隕落的流星雨。
- 寶馬雕車：指元夜觀燈的士女都乘坐著寶馬香車。
- 鳳簫：排簫。此簫用數枝竹管依其長短排列而成，形狀像鳳凰的翅膀，故稱鳳簫。
- 玉壺：喻月亮。
- 魚龍舞：指魚形、龍形的彩燈在風中飄動，如在起舞。

宋词

下

- 娥兒雪柳：古時婦女在元宵節觀燈時戴在頭上的飾物。
- 黃金縷：指用金線加以裝飾。
- 暗香：指女子行經處散發出的幽香。
- 闌珊：稀稀落落的樣子。

滿街花燈就好像東風在一夜間吹開了數千朵樹上的花朵，沖天的焰火又好像天上隕石紛紛墜落。駿馬香車上所帶的香氣飄滿了一路。簫聲如鳳鳴悠然而起，一輪明月在空中緩緩移動，這一夜各種魚形的龍形的彩燈在風中飄舞不停。

女子們頭上插戴著各種裝飾物，歡聲笑語相攜而去，她們走過的地方，留下陣陣香氣。我在眾人中千百次地尋覓她的身影，無意中回過頭來，原來她正站在那燈火稀稀落落的地方。

背景故事

那是一個美麗而熱鬧的元宵夜晚。古代的婦女沒有今天的婦女那樣自由，平常日子她們不太可能拋頭露面，而在元宵節的晚上卻是一個例外。因此無論是有錢人家的婦女還是普通人家的婦女都會很珍惜元宵節難得的自由，把她們最漂亮的一面在這難得的日子裏展現出來。對她們來說，元宵節是賞花燈的浪漫夜晚，也是比賽漂亮的夜晚。

天才剛黑，花燈市上就開始掛上了各種各樣的花燈，滿

掛在樹上，就像早春東風來了吹醒的百花，一夜之間綻放開了。滿天的焰火像天上閃閃發亮的星星被風吹落到人間。市民們都從家裏出來觀賞花燈，到處人山人海。

女人們精心地梳妝打扮，頭髮上紮上綴著金絲的白色綢帶，還紮成一個個漂亮的蛾兒形狀，在花燈下閃閃發亮，與花燈融成一片，分不清是花燈還是人。那微微翹起的綢帶隨著她們輕盈的步伐輕輕晃動，別有一番韻味。

她們臉上、身上撲滿了香粉，有錢人家的貴婦坐著雕著花紋的車子來了，那香味就從雕著花紋的車子帷幄裏飄送出來，使人心醉魂迷。

在街上成群結隊走著的婦女們興高采烈地談笑，指東道西，漂亮的衣服和頭上閃閃發亮的綢帶也在花燈下晃動著。在人山人海的街上還有吹簫賣藝的人，時高時低的簫聲，使得整個街市更加熱鬧。

辛棄疾也和別人一樣出現在花燈市上。落寞的他正在歡聲笑語中，睜大眼睛，在人山人海中尋找自己的意中人，可是沒有；在晃動的綴著金色的綢帶中分辨自己的意中人，還是沒有；在一浪一浪的笑聲中尋找自己的意中人，還是沒有。他是多麼失望啊！在不遠處，還有人舞花燈、舞龍，都圍滿了人，叫喊呼好聲不斷傳來。辛棄疾睜大眼睛尋找意中人，還是沒有。

慢慢地，月亮西沉，夜更深了，元宵的熱鬧就要結束了。舞龍隊伍收起了龍，圍觀的人逐漸散去。吹簫賣藝的人

也回家了，悠揚的簫聲在風中消失了。樹上掛著的花燈似乎也要睡著了似的，一明一滅地在風中晃蕩。貴婦們坐著美麗的車子陸續從街上消失了，普通人家婦女們的笑語聲也慢慢地消失了，只有風中還留著她們身上的香氣。

慢慢地，街上一片寂靜與冷清，只有幾盞還沒有滅的花燈孤獨地掛在樹梢上。

辛棄疾落寞而失望地正想離開。突然，他眼前一亮，街的拐角處，燈火稀疏的地方站著的姑娘，那似曾相識的臉龐，臉上沒有做任何的塗抹，頭上也沒有任何的裝飾品，正嫻靜地看著自己。

她是那樣的冰清玉潔，那樣的與眾不同，那樣的孤芳自賞，辛棄疾怦然心動，這不正是自己夜思日想、苦苦尋找的意中人嗎？原來自己苦苦地在熱鬧的人叢中尋找，她卻在這無人的寂靜角落，在燈火闌珊的地方啊！回去之後，作者便以自己的所見所感寫了這首《青玉案》。

全詞著力描寫了正月十五元宵節觀燈的熱鬧景象。先寫燈會的壯觀，東風吹落了滿天施放的焰火，像天空裏的流星雨。接寫觀眾之多，前來看花燈的人，男的騎著高頭大馬，女的乘著雕花豪華車，男男女女衣服熏了香，懷裏揣著香袋，過路的人多了，連路也是香的。

這是從各個角度描寫場面之熱鬧。鳳簫聲韻悠揚，明月清光流轉，整夜裏魚龍燈盞隨風飄舞。姑娘們打扮得花枝招展，頭戴蛾兒、雪柳，身綴金黃色絲縷，在燈光照耀下，銀

光閃閃，金光鑠鑠，她們成群結隊，歡聲笑語，眼波流盼，巧笑盈盈，幽香四溢地從人們身旁走過。

「元夕」的熱鬧與歡樂占全詞十二句中的七句。「眾裏」一句始出現主人翁活動。「那人」賞燈卻不是「寶馬雕車」，也不在「笑語盈盈」列中，她遠離眾人，遺世獨立，久尋不著，原來竟獨在「燈火闌珊處」。

全詞用的是對比和以賓襯主的手法，烘雲托月地推出這位超俗的女子形象：孤高幽獨、淡泊自持、自甘寂寞、不同流俗。這不正是作者自己的寫照嗎？

歎飄零，幽夢影

瑞鶴仙

——周邦彥

悄郊原帶郭，行路永，客去車塵漠漠。
斜陽映山落。斂餘紅，猶戀孤城欄角，
凌波步弱。過短亭，何用素約。
有流鶯勸我，重解繡鞍，緩引春酌。
不記歸時早暮，上馬誰扶，醒眠朱閣。
驚飆動幕，扶殘醉，繞紅藥。
歎西園，已是花深無地，東風何事又惡？
任流光過卻，猶喜洞天自樂。

注　釋

- 郭：城週邊加築的城牆。

- 永：久遠。

- 餘紅：夕陽的殘紅。

- 凌波：形容女子輕盈的步履。

- 短亭：古時驛路旁設有亭舍。

- 驚飆：狂風。

- 紅藥：紅芍藥。
- 洞天：道教中稱神仙居住的洞府，意謂洞中別有天地。

寂靜的郊外原野一直連到城郭，在驛路上留下彌漫塵埃的是乘車遠去的旅客。黃昏的斜陽緩緩沉落，隱去了夕陽的殘紅，卻還對城頭的欄杆角依依難捨。

與凌波仙女一起走進驛路邊的亭舍，用不著彼此相約。她用流鶯般的歌喉勸我，解下馬鞍，慢慢地把春酒飲酌。不記得歸家時是清晨還是日暮，也不知是誰將我往鞍馬上扶，醒來時已經身在床上臥。狂風吹動簾幕，帶著殘留的醉意，繞過滿園的紅芍藥。歎息西園裏，早已是花開滿園，為什麼狂風偏偏又來作惡？聽任那時光像流星般閃過，幸喜能在家鄉怡然自樂。

作為經歷過神宗、哲宗和徽宗三朝劇烈黨爭之禍的著名詞人周邦彥，可說是飽經了官場中到處漂泊的風霜雨雪。在徽宗時，吏治腐敗，徭役繁重。而徽宗又重用奸臣蔡京等人，百姓的負擔日漸加重，終於，官逼民反，南方爆發了方臘領導的農民起義。

目睹了這場政治變故而又身在京城的周邦彥，為了保身。於是他便回到故鄉浙江杭州避難。誰知剛到杭州時，起

義軍聲勢浩大，杭州也是岌岌可危，他便不敢再盲目地待下去了。這樣，他只得奔逃到杭州附近的睦州，去暫避眼下這兵荒馬亂的世態。

一路受到驚嚇，又因一連奔波勞頓而過於疲勞的他就想找個小旅館歇息一下。況且，他正好也想把最近的一些感想記錄下來。晚上當他橫臥在小床上時，朦朧中卻已在寫起詞作來了。他竟像平時一樣地磨墨展紙，並進一步要從容構思了。

一會兒，一首名叫《瑞鶴仙》的詞就在他的筆下完成了。朦朧之中，他也不知道自己究竟寫了些什麼，就迷迷糊糊睡著了。

這首詞首寫送客，交待環境的幽靜；次寫歸途遇歌女歡飲醉歸；下片寫西園舊事，惜花抒感，流露出東風無情、芳菲難駐的感歎。通篇迤邐寫來，情如流水汨汨，純真自然。一覺醒來的周邦彥自然還得趕路。

但他出門一看，眼前的一幕又使他嚇了一跳：道路上全是亂跑的殘兵和逃難的百姓。而此時，又趕上太陽要落山了，一縷餘輝正在鼓樓的簷角間似乎頗有感情地徘徊著，他猛然想起這不就是昨晚夢中所寫的詞句「斜陽映山落。斂餘紅，猶戀孤城闌角」嗎！

看到隨處的動盪，又想想自己的落魄，他不由得感傷起來，正在這樣胡思亂想之際，在洶湧著的人流中，驀然有人在他背後喊了聲：「周待制，您要到哪裡去呀？」周邦彥回

頭一看，認識對方是跟他關係一向要好的朋友的妻子，他便據實回答了。而她則一臉淺笑著說道：「異鄉遇故人，咱們就到附近酒家那裏喝它兩杯？」周邦彥答應了。才喝上幾杯，腹中的饑餓感頓時就解除了。此時，他忽然想起這不就是自己夢中所寫的句子嘛！

道是——凌波步弱。過短亭，何用素約。有流鶯勸我，重解繡鞍，緩引春酌。

酒過之後，兩人便要分別，各奔前程了。於是周邦彥就出了城北門，此時卻又看到江面上的橋樑都被拆斷了，而江水則正在上漲著，一時間他也沒能渡江過去。周邦彥猛然覺得詞中「不記歸時早暮，上馬誰扶，醒眠朱閣」之句，竟又應驗了。

這時候，不知是誰又在他耳旁說起整個浙江都被起義軍佔領了的事情，這不由弄得人心更爲惶惶了。周邦彥因此感到當年剛剛主持鴻慶宮裏的工作時，還有漂亮的住宅可住，而現在卻只能飄零在外頭，竟連個落腳點都還找不到；想到這裏，他就禁不住又是一陣傷感。

他驀然覺得這即是夢中詞境所謂的「歎西園，已是花深無地，東風何事又惡？任流光過卻，猶喜洞天自樂」。到此爲止，他覺得自己那回的夢境居然全都應驗了。周邦彥爲自己的夢境佳作而感到慶幸時，又對眼前的混亂局面深感無奈。

神童才子遭遇尷尬

念奴嬌

——黃庭堅

斷虹霽雨，淨秋空，山染修眉新綠。

桂影扶疏，誰便道、今夕清輝不足？

萬里青天，姮娥何處，駕此一輪玉。

寒光零亂，為誰偏照戈醽醁？

年少從我追遊，晚涼幽徑，繞張園森木。

共倒金荷，家萬里、難得尊前相屬。

老子平生，江南江北，最愛臨風曲。

孫郎微笑，坐來聲噴霜竹。

注　釋

· 斷虹：彩虹消失了。

· 修眉：長眉，喻雨後染成新綠的山峰。

· 桂影：指傳說中月宮裏生長的桂樹影子。

· 扶疏：形容桂樹的枝葉繁茂。

· 姮娥：相傳為月宮中的仙女。

· 一輪玉：指月亮。

- 寒光：指秋夜的月光。
- 醽醁：美酒名，味極甘美。
- 森木：茂盛的樹木。
- 倒金荷：倒，傾也。金荷，因時值仲秋，荷葉微黃，故云。此句言以金荷葉倒酒。
- 尊前相屬：尊，同樽，酒杯。相屬，舉杯對飲。
- 臨風曲：一作「臨風笛」。
- 孫郎：即指善吹笛的孫彥立。
- 坐來聲噴霜竹：坐來，猶言即刻。噴，噴發，喻笛聲氣韻很足。霜竹，猶言寒笛。因笛子採用竹子製作，音色淒清，故云。

譯　文

　　雨過天晴，彩虹蘭掛，秋空萬里如洗。那披上新綠的山巒，似秀眉一彎。即使月中桂樹的陰影濃密，又怎能說今夜的月色不美？萬里晴空，嫦娥啊你在哪裡？駕駛這圓圓的一輪玉盤。零亂、寒冷的月光，為誰偏偏照射在這美酒一壇？年輕人追隨我的左右，順著清涼、幽寂的小徑，走進長滿秀木的張家小園，暢飲歡談。讓我們把手中的荷葉杯全都斟滿，離家萬里，難得有這把酒暢飲的歡聚時刻。老子漂泊一生，走遍了大江南北，最愛聽那臨風的霜笛，音韻悠然。孫郎聽罷，點頭微笑，立時笛聲悠揚，令人神往。

原序：八月十八日，同諸生步自永安城樓，過張寬夫園待月。偶有名酒，因以金荷酌眾客。客有孫彥立，善吹笛。援筆作樂府長短句，文不加點。

這是作者晚年的重要作品之一，具有一種抑鬱與達觀豪邁交織在一起的風格。

黃庭堅是北宋時期著名文學家、書法家，「江西詩派」創始人，他自幼好學，才智過人，總覺得自己才高八斗，學富五車，在當地的同輩中已無人能與自己相比，應該走出家鄉，開開眼界，長長見識。就這樣，他離開修水老家，出武寧，過瑞昌，直奔繁華盛地江州府。

聽說少年才子黃庭堅光臨江州，江州府一些自認為才學相當的文人，紛紛前來拜會這位風流少年。其間，有欽佩的，也有嫉妒的。

一天，江州府的文人相約陪黃庭堅遊覽江州名勝，並相機邀詩請對，試試他的才學。

當他們一同來到甘棠湖，只見湖面上煙波淼淼，水光粼粼，曹罡見湖中的浸月亭中正好有個遊客在吸水煙，沉吟半晌，吟出上聯，要黃庭堅答對：

> 煙水亭，吸水煙，煙從水起。

黃庭堅想起剛才在城北遊覽過的漢代劉邦大將灌嬰所掘的「浪井」，不假思索，隨口對道：

風流井，博浪風，風自浪興。

大家聽了，不禁齊聲叫好。一行人迤邐而行，說說笑笑，談詩論對，好不高興！黃庭堅出口成章，對答如流，同遊的文人們無不佩服，不時以言語奉承。見眾人如眾星拱月般的簇擁、誇讚，漸漸地黃庭堅那年少氣盛、恃才傲物的老毛病又犯了。

當一行人來到思賢橋，他神氣十足地對大家說：「承蒙各位抬舉，也為助各位雅興，我現有一上聯，請勿吝賜教。」說完，搖頭晃腦吟道：

思賢橋，橋上思賢，德高刺史名留世。

沒料到黃庭堅會突然來這一手，眾文人猝不及防，好一陣時間竟無人答對。面對如此尷尬的局面，黃庭堅哈哈大笑：「大家不必為難，白居士不是在你們潯陽江頭寫有一首《琵琶行》嗎？從那裏面可續出一則很好的下聯。」說著，他得意洋洋地搖著頭，一字一頓地念道：

琵琶亭，亭下琵琶，情多司馬淚沾襟。

黃庭堅小小年紀，竟如此博學多才，不由得大家嘖嘖稱讚。這樣一來，他也就更加感到自己高人一截，偌大個江州府沒有哪一個可以比得過他黃庭堅的。於是，他用傲慢而又帶挑釁性的口吻對大家說：「小生學淺才疏，不揣冒昧，看哪位有什麼高招，也好讓我領教領教。」

大家一聽，既感到羞愧，又感到氣憤，都想設法難住他，奚落他一下，以滅滅他的傲氣。但是，誰也拿不出什麼

「高招」來。

不覺間，一行人已來到了小喬梳妝樓下。忽然，曹罡向黃庭堅拱了拱手，說道：「幾年前，這裏有位讀書人，其妻也是書香門第出身，洞房花燭之夜，妻子以此樓爲題出了上聯，要其夫對出下聯，否則不准上床安睡。」曹罡歎了口氣，又說：「可是，那位讀書人一直未能對出下聯，後來竟因此鬱鬱而死。」他望了望黃庭堅，繼續說道：「此後，這一出對，多年來竟也無人對出，實在慚愧。現在，有請公子指教。」說完，便一字一頓地念出當年小姐的出對：

梳妝樓頭，癡眼依依，癡情依依，有心取媚君子君不戀。

黃庭堅一聽，就品出了曹書生的弦外之音：「他們不僅要我對出下聯，還把我比作呆女獻媚，真是可笑。」他抬頭看到廟堂森森，香煙繚繞的延支山，觸景生情，頓時舒開眉心，吟道：

延支山下，落木瀟瀟，落花瀟瀟，無緣省識春風春難留。

之後他們上船觀光遊景。船行十里，那個在桅杆下扯篷索的船家少年，得知站在船頭上極目遠眺的少年就是才子黃庭堅，便有意與他搭話，謙恭地問道：「敢問先生，你就是能詩善對的『神童才子』黃庭堅嗎？」

黃庭堅禮節性地點了下頭。船家少年又笑了笑，說：「我們江湖上粗人，平時也有點俗趣。這裏有個對子，只有上聯無下聯，想請教先生，不知時下有沒有這個興致。」

黃庭堅聽了，歪著頭望瞭望，見少年一身船家打扮，回

過頭去，不予答理。船家少年見了，並不生氣，只是自言自語道：「嘿，想不到一個譽滿江州府的才子，竟怕起船上的一個小夥計來了。」

「什麼？你鄙俗之人有什麼詩采文章，不怕丟人現醜的話，就出吧！」

船家少年還是微微一笑，拱了拱手，很客氣地道了聲「請教」，便朗聲念道：「駕一葉扁舟，蕩二隻槳，支三四……」

沒等船家少年念完上聯，黃庭堅哈哈大笑，道：「俗俚之聯，怎登大雅之堂？不過我現在閒得無聊，就來湊湊這個俗趣吧。」然後把手一揚：「繼續念吧。」

船家少年聽了黃庭堅的鄙夷之言，亦不表示反感，只是說：「不急嘛，請聽清楚。」接著，又從頭念出上聯：駕一葉扁舟，蕩二隻槳，支三四片篷，坐五六個客，過七里灘，到八里湖，離開九江已有十里。

這上聯生動地再現了他們乘坐小船，從江州府出發，一路順風東下的得意情景。船家少年念完這上聯，又對所對的下聯提出要求：「所對下聯，凡逢上聯有數字之處，必須以數字相對，但不論是反是順，不得有一字相同。」

黃庭堅聽完，細一琢磨，心裏不禁一驚，難了：上聯中，數字一至十均已用完，而下聯不僅要以數字對上聯的數字，且還不能有一個字與上聯相同。這到哪裡去找那麼多的數字與上聯相對呢？

自以爲才高八斗的黃庭堅，竟被一個普普通通的船家少年出對難住了。他站在船頭，半天一言不發，怔怔發呆，額上沁出了冷汗，這時才知自己並非才高八斗、學富五年，這真是「天外有天，人外有人」啊！於是，他招呼船家掉轉船頭，放棄了去蘇杭的打算，經江州府又回到家鄉埋頭苦讀，終成一代大師名揚天下，名垂史冊。

懸樑刺骨，追求成功

水調歌頭（舟次揚州，和楊濟翁、周顯先韻）
——辛棄疾

落日塞塵起，胡騎獵清秋。

漢家組練十萬，列艦聳層樓。

誰道投鞭飛渡，憶昔鳴髇血污，風雨佛狸愁。

季子正年少，匹馬黑貂裘。

今老矣，搔白首，過揚州。

倦遊欲去江上，手種橘千頭。

二客東南名勝，萬卷詩書事業，嘗試與君謀：

莫射南山虎，直覓富民侯。

注　釋

・次：停留。

・揚州：即今江蘇揚州市。

・先韻：依照別人作品之韻填詞。

・楊濟翁：名炎正。他主張抗戰，曾在《水調歌頭》詞中

說：「忽留然，成感慨，望神州。可憐報國無路，空白一分頭。」

- 周顯先：未詳。

- 塞塵起：指邊塞發生了戰爭。塵，騎兵賓士揚起的塵土。

- 胡騎：指中國北方少數民族統治者的軍隊。

- 獵：侵擾，這裏指金主完顏亮1161年南侵。

- 清秋：涼爽的秋天。

- 「漢家」二句：讚美宋軍的威武雄壯。組練，「組甲被練」的簡稱，是古代軍士所穿的兩種衣甲，引申指精壯的軍隊。列艦聳層樓，江中兵艦如聳立的高樓，列陣以待。

- 「誰道」三句：誰說可以投鞭斷流肆意南侵？完顏亮氣焰何等囂張，結果也沒有好下場。投鞭，用符堅的狂言。鳴霸，即鳴鏑，響箭。血污，指被殺死。用的是匈奴單于頭曼死於非命的史實。佛狸，後魏太武帝拓跋燾小字。這裏用來影射金主完顏亮在1161年南侵失敗，被部下所殺。

- 「季子」二句：自己當年像季子一樣年輕，對於事業也有一股銳氣。季子，戰國蘇秦的表字。黑貂裘，蘇秦遊說時所穿的黑貂皮袍子。

- 「今老矣」三句：現在抗金志願還沒有實現，經過揚州這個當年戰鬥之地，而我卻已經老了。

- 「倦遊」二句：懶得再去做官，要去過隱居生活。倦

遊，倦於宦遊，不想做官。手種橘千頭，指隱居，源於《襄陽記》李衡的故事。

- 「二客」三句：你們兩人（指楊濟翁、周顯先）是東南一帶的名士，飽有才學，想做一番事業，我試著給你們出個主意吧。名勝，這裏指名流。

- 「莫射」二句：算了吧，不要再搞軍事，還是去當一個安居樂業的富民侯吧！富民侯，《漢書·食貨志》：「武帝末年悔征伐之事，乃封丞相為富民侯。」

譯文

落日映照戰火的煙塵，完顏亮從揚州南侵在清秋季節。十萬精兵嚴陣以待，戰艦列陣有如高樓。誰說投鞭斷流可南侵，氣焰囂張的完顏亮一命嗚呼。自己當年像蘇秦一樣年輕，英姿勃勃志氣豪邁。如今白髮衰顏，面對當年鏖戰過的揚州，無限感慨搔白首。

我已厭倦官場生活，莫如隱居更自由。你們二位是欲成大業的名士，胸中有萬卷詩書，在這無所作為的時代，奉勸你們莫搞軍事只當富民侯。

背景故事

宋孝宗淳熙五年（1178），辛棄疾出任湖北轉運副使，途經揚州時，觸景生情，追憶了十八年前金主完顏亮大舉南

侵、兵敗身死的歷史，聯想起自己南渡抗金的戰鬥生活，感慨萬千，寫了這首詞。作者把自己比作蘇秦，表現了自己的志向。關於蘇秦流傳著他懸樑刺骨的故事。

戰國時期，各國為爭奪領土彼此征戰，強大的國家有魏、齊、秦三國，其他小國則依附在大國之間以求自保。在這種形勢下，不論強國還是弱國都紛紛尋找自己的盟友，「合縱連橫」運動便應運而生了。

「合縱」，就是幾個弱小的國家聯合起來抵抗秦（或齊）國的兼併。

「連橫」，就是一個強國強迫弱國幫助自己進行兼併。

蘇秦是洛陽人（今河南洛陽市），他與龐涓、孫臏，還有張儀，一同當過鬼谷子的學生，學習過兵法。

蘇秦家裏很窮，有父母、兄嫂、妻子、兩個弟弟，一大家人都務農。蘇秦學習歸來後想求個一官半職，就去求見周顯王，當時有名無權的周天子就住在洛陽城。周顯王見蘇秦聰明伶俐，能說會道，倒是有點想留下他，可左右的官員們嫌蘇秦出身貧賤，瞧不起他，誰也不肯說他的好話，蘇秦只好悻悻離開了。

不久，蘇秦又去了秦國，他想：秦孝公曾貼榜求賢，秦國一定是個重人才的地方。誰知即位不久的秦惠王剛剛殺了商鞅，對外來的說客都存有戒心。蘇秦對秦惠王說，他願意獻計獻策，為大王稱霸天下效勞。秦惠王卻回答說：「感謝蘇先生不遠千里登門指教，只是秦國力量還不雄厚，還得準

備上幾年。等寡人準備好了，再請教先生吧！」

秦惠王的話猶如澆了蘇秦一盆冷水，然而他仍不死心，住在小客棧裏，天天揮筆疾書，爲秦國用武力統一天下出謀劃策。蘇秦一連十次向秦王上奏章，可秦王始終不理睬。

蘇秦在秦國一住就住了兩年，身上的衣裳都穿破了，錢也用光了，只好垂頭喪氣的回家去。一路上他穿著草鞋，打著綁腿，挑著行李，曉行夜宿，忍饑挨餓。等到了家，他已經是又黑又瘦，面容憔悴，像個要飯的叫化子。他慚愧地低著頭站在門口。外出兩年，錢都用光了，也沒闖出個名堂來，還有何顏面進家門呢？

見蘇秦這樣狼狽而歸，父母背過臉去不和他說話；妻子正在織布，「吧嗒」「吧嗒」推著梭子，根本不肯下機來迎接他。嫂子也不給他做飯。

遭到家人的冷眼，蘇秦很傷心，他唉聲歎氣地說：「妻子不把我當做丈夫，嫂嫂不把我當做小叔，父母不把我當做兒子，這都怪我沒本事啊！」

家人和鄰居都嘲笑他，說他不去經商賺錢，養家糊口，反而以搬弄口舌爲業，遭窮受苦，那是活該！

蘇秦聽了這些話，心裏很慚愧。他決心發憤學習，相信只要學識淵博了，有了大本事，秦國不用他自有用他的地方。他翻箱倒櫃，把所有的書都拿了出來，還特地找出了鬼穀子老師贈送的姜子牙的兵書《陰符》，從此閉門不出，埋頭苦讀。

宋词

蘇秦日日挑燈夜讀，瞌睡了就用冷水澆澆頭，再讀。到後來，冷水澆頭不管用了，他就拿把錐子放在身邊，一打瞌睡，就用錐子猛刺自己的大腿，刺得血流如注，痛得清醒了，再繼續讀書。

　　時間一長，光刺股也不行了，他就用一根繩子，一頭把自己的頭髮拴起來，一頭吊在梁上。低頭一打盹，頭上的繩子就猛地一拽，把他拽醒，他再接著讀書。

　　蘇秦憑著這種懸樑刺股的刻苦精神，一年多就把所有的書通讀了一遍，姜太公的兵書更是背得滾瓜爛熟，他從中找出了許多揣摩國君心意的訣竅。他還記熟了各國的政治、經濟、軍事、地形、物產等情況。

　　這一下，蘇秦認為有了遊說各國的本錢了，就對弟弟們說：「我學習兵法已經成功，天下的富貴只要我一伸手就有人送來。二位弟弟如能湊點路費給我，讓我去遊說列國，等我大功告成，一定十倍、百倍地奉還。」

　　弟弟們被他說服了，想辦法湊了些路費給他。蘇秦又上路了。

　　西元前333年，蘇秦首先到了趙國。當時趙國的國君是趙肅侯，相國是趙肅侯的弟弟奉陽君。奉陽君很不喜歡蘇秦。

　　蘇秦只好北上來到燕國。他在燕國等了一年多，都沒能見到燕文公。蘇秦十分焦急，一天，趁燕文公出宮遊玩，蘇秦一下趴在路上，攔車求見。燕文公聽說他是蘇秦，非常高興，用車載著蘇秦回到宮中，對他說：「聽說先生過去給秦

王獻策，道理講得很透徹。今天有緣相見，請先生多多指教。」

蘇秦開門見山地對燕文公說：「這些年來，燕國的人民安居樂業，沒有受到戰爭的騷擾，大王您也沒有損兵折將的憂愁。這一點，哪個國家也比不上您，大王明白是什麼緣故嗎？」

燕文公搖搖頭，說：「不知道。」

蘇秦說：「燕國之所以沒有受到秦國的侵犯，是因為燕國南邊有趙國這座天然屏障。秦國與趙國已開過五次戰，二勝三負。秦趙兩國互相殺戮，雙方筋疲力盡，燕國才能躲在背後平安無事。所以燕國不必害怕秦國。秦國如果出兵攻打燕國，必須途經趙國，而且戰線過長，即使攻下了城池，也不能長期佔領。但趙國如果攻打燕國，十天就能打到燕國都城，或說秦打燕國是千里之外的事，趙國打燕國是百里之內的事。大王如果不擔心百里以內的禍患，而去注重千里之外的戰事，策略上就犯了大錯誤。所以我建議燕國和趙國合縱親善，那麼燕國就再沒有什麼可擔憂的了。」

燕文公聽了連連點頭，說：「感謝先生指教，寡人願意同趙國結為友好，一切聽從先生的安排。」

燕文公讓蘇秦帶了許多車馬、金銀布帛，去趙國活動結好之事。

趙肅侯聽說蘇秦帶了重禮求見，親自帶領百官出宮迎接。此時奉陽君已死。

蘇秦對趙肅侯說：「小民私下替大王考慮，要想保國就必須安民，而安民在於擇友。把握形勢，選擇朋友，做好外交，當前對趙國來說，這些是至關重要的。請允許我分析一下趙國的外交問題。

　　假如齊、秦兩個大國都成為趙國的敵人，趙國的人民就不會有安寧的日子了；同樣，如果秦齊兩國開戰，趙國人民仍舊不會得到安寧。假如趙國跟秦國合作，那麼秦國必定會削弱韓、魏兩國；如果趙國與齊國聯手，齊國必將削弱楚、魏兩國。魏國削弱，必將威脅到接壤的趙國；楚國削弱，趙國就失去了援助自己的力量。所以這幾種結果都不可取。

　　現在，趙國是山東一帶最強大的國家，在秦國眼中，趙國對自己的威脅最大，秦國視趙國為勁敵。但為什麼秦國不敢發兵攻打趙國呢？是害怕韓國、魏國在後面暗算他。這樣說來，韓、魏兩國也算得上是趙國南方的屏障。因此，要想保全趙國，首先必須讓韓、魏兩國不向秦國屈服稱臣。」

　　蘇秦歇了口氣，繼續說：「小民私下推算，各諸侯國家的土地合在一起五倍於秦國，軍隊合在一起，更是十倍於秦國。如果六個國家結成一個整體，合力向西攻打秦國，秦國必定大敗。現在大王您卻迫於強秦的壓力，向秦國割地稱臣，這實在是失策的。打敗別人和被別人打敗，叫別人向自己稱臣和自己向別人稱臣，這兩者難道是可以同日而語的嗎？」

　　趙肅侯沮喪地聽著。蘇秦繼續說：「天下人對大王的品

德沒有不讚揚的，都稱大王是能拋棄讒言，決斷疑難的賢明君主，所以小民可以把忠言向您傾訴。我悄悄爲您謀劃，不如讓韓、魏、齊、楚、燕、趙六國合縱親善，共同反抗秦國。由趙國發起，邀請各國國君在洹水（水名，在今河南省，又名安陽河）邊舉行盟會，交換人質，宰殺白馬，宣讀盟誓，就說：不論秦國出兵攻打哪一個國家，其他五國都要出兵援救。盟國中如有不按盟約辦事的，其餘五國可派軍隊共同討伐。這樣，秦國的軍隊一定不敢走出函谷關，大王的霸業就一定能成功。大王，您看如何？」

趙肅侯越聽越高興，他霍地站起身來，激動地在大殿上踱起了步子，然後恭恭敬敬地對蘇秦拱了拱手，說：「寡人年輕，即位時間短，還沒有聽到過這樣使趙國長治久安的謀略。您真是一位尊貴的客人啊，一心一意保全我們趙國，安定諸侯各國。我十分願意把我的國家託付給您，聽從您的安排。」

趙王給了蘇秦一百輛車，一千鎰黃金，白璧一百雙，錦繡一千匹，讓他去遊說各國諸侯締約合縱。

蘇秦經過一番努力終於遊說六國成功，六國一致推舉蘇秦爲「約縱長」，總管六國軍民，蘇秦至此走向了成功。

屈原汨羅沉江

臨江仙 ——陳與義

高詠楚辭酬午日，天涯節序匆匆。
榴花不似舞裙紅。無人知此意，歌罷滿簾風。
萬事一身傷老矣，戎葵凝笑牆東。
酒杯深淺去年同。試澆橋下水，今夕到湘中。

- 午日：端午，又稱端陽，此節為紀念屈原。
- 戎葵：即蜀葵。

　　端陽佳節高聲詠唱楚辭互相酬和，節序是如此的匆匆。
石榴花不像舞裙花那樣火紅，沒有人知道我也是如此，慷慨
高歌滿簾風。萬事集於一身，年老力難從，蜀葵朵朵向著東
方含笑。酒量依舊如去年一樣海量，為國效忠有餘勇，把酒
試灑橋下水，今晚必能到湘中。

背景故事

　　這首詞是作者憂國傷老，懷念屈原之作。上闋說剛詠楚辭過端午節，現又是榴花如火到夏末，時序匆匆催人老。看似歎時光匆匆，實際感歎任重道遠，人生苦短，什麼事還都未做，一個節令就消逝了。作者眼見榴花、舞裙紅，兩相比較，觸發聯想。

　　屈原出生在楚國一個破落的貴族家庭裏。巧得很，屈原的生日是寅年寅月寅日，在中國古代曆算中，以「人生於寅」為吉祥，屈原的生日自然更為吉祥。

　　他的父親高興極了，給他取了個很好的名和字。屈原名平，原是他的字。「平」有「平正」的意思；「原」象徵著大地。

　　屈原沒有辜負父輩的期望，他在少年時代便努力學習。每天早上，天濛濛亮，他就起床讀書，晚上直至深夜，才放下書本休息。

　　到了青年時期，屈原已博覽群書，知識十分淵博，他的詞賦、文章都寫得很好。他有遠大的抱負，一心想使自己的祖國富強起來。他的卓越才能傳到了楚懷王那裏，楚懷王召他進宮，任命他為左徒。

　　這是個兼管內政外交的重要職務，相當於後世的副宰相。屈原每次與楚懷王商議國家大事，都能提出令人信服的建議，談出獨到的見解，因此很受楚懷王的信任。

品味宋詞　下

楚懷王身邊還有許多大臣，都是些王孫公子出身的舊貴族。這些人不學無術，結黨營私，腐敗透頂。屈原一心想把國家治理好，主張進行政治改革，定出一套新法令限制舊貴族的特權，反對他們那種禍國殃民的惡劣作風和糜爛生活，減輕人民的負擔。

屈原的主張得到了楚懷王的支持，懷王決定秘密地讓屈原起草新法令——《憲令》。舊貴族們惶恐不安，為了維護他們的既得利益，他們抱成一團，狼狽為奸，與屈原作對。

一天，屈原正在全神貫注地起草《憲令》，上官大夫靳尚悄悄走了進來，企圖偷看《憲令》的草稿。屈原知道他的來意不善，便機警地捂住草稿，拉下面孔，義正詞嚴地說：「對不起，《憲令》沒公佈之前，任何人也不許看，這是大王的命令！」

靳尚討了個沒趣，垂頭喪氣地走了。但他不死心，又出了個鬼點子，跑到楚懷王面前去誣陷屈原，說：「大王叫屈原起草《憲令》，朝廷內外都知道了，屈原經常誇口，說除了他，誰也辦不成這件事。」

楚懷王最忌憚別人知道憲令的事，況且他又是個心胸狹窄、虛榮心極強的人，聽了靳尚的話，他信以為真，大動肝火，就免去了屈原左徒的官職，只叫他做個管理宗族祭祀的三閭大夫。從此楚懷王就與屈原疏遠了。

楚國的這次變革，也就和屈原任左徒的命運一樣，葬送在舊貴族人馬的手中了。

屈原被罷免之後，他在外交上的主張——聯齊抗秦的政策，也遭到了同樣的厄運。

以鄭袖、子蘭、靳尚為代表的投降派，暗地勾結秦國，出賣楚國的利益，他們千方百計打擊、排擠屈原。剛愎自用的楚懷王拒不聽屈原的多次勸告，一而再、再而三地受到秦國的愚弄和欺騙，最後死在秦國的囚禁中。

楚懷王被囚後，太子熊橫繼承了王位，稱做頃襄王，子蘭擔任了令尹。

西元前296年，楚懷王客死秦國的消息傳到了楚國，不久，他的屍體被運回了郢都。楚國上下人人震驚，個個悲憤。老百姓想起了楚懷王是被子蘭、靳尚等人硬勸到秦國去的，他的死與他們有直接的關聯，因此對這夥人當政掌權怨聲四起；同時，人們自然回憶起當初屈原竭力勸諫楚懷王千萬不要入秦的情景，紛紛頌贊他義膽忠心、富有政治遠見，並為他的被疏遠而鳴不平。

民眾對子蘭一夥的怨恨和對屈原的熱愛，使子蘭十分恐懼，他讓靳尚在頃襄王面前拼命說屈原的壞話。頃襄王自己也十分妒恨被人民愛戴的屈原，就將屈原逐出郢都，流放到江南去。

江南一帶有許多地方是無邊無際的草原林莽，尚未開發，人跡稀少。屈原從郢都出發，順大江（即今長江）東下，在洞庭湖和湘水等流域的廣大地區，走著艱難曲折的道路，過著貧病交加的生活。

　　在長期顛沛流離的歲月裏，屈原懷著悲憤交集的心情，用自己的心血凝著了《離騷》、《九章》、《天問》等許多光輝詩篇。這些作品充分反映了屈原愛祖國、愛人民，追求真理，寧死不屈的精神，尤其是他的代表作《離騷》，長達三百七十多行，共計二千四百九十字，幾乎概括了屈原一生的政治鬥爭和楚國從衰到滅亡的史實。這是中國古典文學作品中最長的抒情詩，也是一篇光耀千古的浪漫主義傑作。

　　西元前278年春，秦國派大將白起攻下郢都，京城一片火海，楚王的祖墳被秦兵挖掘、焚毀。頃襄王倉皇出逃，遷都陳城（今河南省淮陽縣）。

　　屈原眼見楚國就要滅亡，人民在戰火中流離失所，心像刀割一樣難過，郢都的陷落對處於孤寂淒苦境地中的屈原，無疑是一次最沉重的打擊。國都象徵著國家，如今國都淪喪，意味著亡國在即，這對於為振興楚國而奮鬥了一生的屈原來說，沒有比這讓他更哀痛、更絕望的了。

　　已經是六十二歲老人的屈原隨著遷都的人群向陳城走去。國破家亡，理想破滅，屈原的內心充滿了對昏君和嫉賢賣國的奸臣們的憤恨。走啊，走啊，五月間，他走到了長沙東北的汨羅江，就不願再走了，他不願眼看著自己國家滅亡，更不願做一個亡國之民，決定以死殉國。

　　五月初五那天早晨，屈原深情地朝郢都方向凝望了很久，然後抱起一塊大石頭，跳進了滾滾的汨羅江。滔滔的江

水激起了悲哀的浪花，嘩嘩的江水聲奏起了悲愴的哀曲，這位偉大愛國詩人結束了自己悲劇的一生。

每年農曆五月初五，人們包粽子祭祀屈原，划龍舟，紀念當年楚國人民打撈屈原的情景。這種紀念活動漸漸成了一種風俗，人們把這一天稱爲「端午節」。

雜詠篇

詞人創作有時候是興之所致，靈感來時，隨即賦上一曲以抒懷，表達自己此時的心緒，詞人有時月下賞景，浮想聯翩，穿越時空，也就有了懷古詠史的詞作；登高望遠，一覽天下，一時雄心壯志湧起，也便產生了豪放抒情的佳句，這些詞作不拘泥於傳統的創作風格，完全是詞隨心動，心所想之處是筆下文字所及之處，凡此種種，不一而足，故暫命其為雜詠之作。

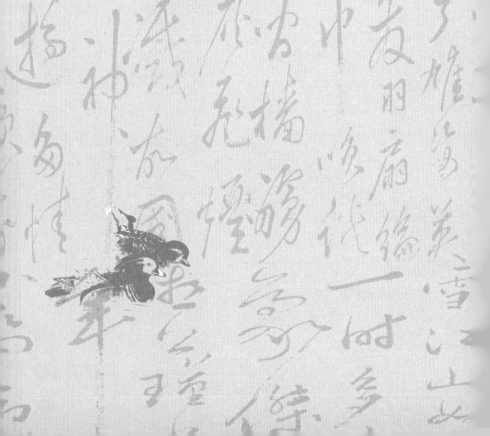

醉花陰

——李清照

薄霧濃雲愁永晝，瑞腦消金獸。

佳節又重陽，玉枕紗廚，半夜涼初透。

東籬把酒黃昏後，有暗香盈袖。

莫道不消魂，簾捲西風，人比黃花瘦。

注　釋

- 永晝：漫長的白天。

- 瑞腦：即龍腦香，一種名貴的香。

- 金獸：獸形的銅製香爐。

- 紗廚：紗帳。舊日臥床上都有淡綠色的紗製幔帳，稱為
  紗廚或碧紗廚。

- 東籬：此處指菊圃。

- 黃花：金黃色的菊花。

譯　文

　　輕輕的霧氣和濃濃的陰雲佈滿天空，真讓人為這漫長的白日發愁。龍腦香在爐中已經燃盡，一天卻還沒有熬到盡頭。明天又逢重陽佳節，而我卻獨居紗帳，斜靠玉枕，深夜中的涼風將全身吹透。

　　黃昏後我來到菊圃看花飲酒，菊花的幽香襲進了兩袖。且莫說如此良辰不會令人傷神，秋風吹進捲起的門簾，簾內的人兒比菊花還要消瘦。

背景故事

　　北宋時期重陽節這天，在山東青州一個大戶人家的屋內，一個穿戴樸素的少婦獨坐在屋堂內，堂內四壁都放滿了書，這位少婦翻翻桌上的書，她覺得無情無緒，度日如年。

　　原來，這位少婦便是當時有名的女詞人李清照。由於蔡京人馬的排擠，她的丈夫趙明誠於大觀二年被罷官，他們夫妻兩人由京師汴梁回到故居青州，一住就是十二年，一直到今年趙明誠才被起用為萊州知州。沒有隨丈夫去萊州，一個人獨居鄉里，適逢重陽佳節，她怎能不思念在外的丈夫呢？

　　漫長的白晝好容易過去了，黃昏時分，李清照在庭院中的菊圃旁小飲了幾杯酒以排遣相思之情，沒想到以酒澆愁愁更愁，相思之情反而更加濃烈。回到室內，她的袖子裡沾滿了菊香，她又想起去年重陽節夫妻兩人賞菊飲酒的情況。

一陣西風吹來，竹簾飄起，李清照看著窗外庭院中黃色的菊花，覺得自己比黃菊還要消瘦。夜晚躺在床上，輾轉無眠，直到夜半，一絲涼意透過紗帳，直鑽到李清照的心裡，她感到更加淒涼孤獨。於是起身，燃起蠟燭，一首《醉花陰·九日》便從她的心中直洩而出：

　　薄霧濃雲愁永晝，瑞腦消金獸。

　　佳節又重陽，玉枕紗廚，半夜涼初透。

　　東籬把酒黃昏後，有暗香盈袖。

　　莫道不消魂，簾捲西風，人比黃花瘦。

　　第二天，李清照即將這首詞作爲書信，派人送到萊州。趙明誠見到這首詞後又是欣喜，又是驚歎，更自愧不如。當年，他們剛從汴梁回青州老家時，夫妻倆每逢飯後便在屋中作猜書的遊戲，贏者先飲茶。每次明誠從書櫥中隨便抽出一本書來，讀上一段，李清照即能說出這是哪本書，而明誠卻常常出差錯，所以飲茶總是李清照當先。這次他下決心要寫一首好詞，勝過妻子。於是閉門謝客，廢寢忘食，苦苦思考了三天三夜，他寫了五十首《醉花陰》。明誠把自己的詞作與李清照的詞作混雜在一起，讓自己的好友陸德夫評價。陸德夫品味再三，說：「只有三句稱得上是最好的句子。」明誠連忙追問，陸德夫回答道：「莫道不消魂，簾捲西風，人比黃花瘦。」正是李清照那首《醉花陰》中的警句。

　　李清照的這首《醉花陰》抒發的是重陽佳節思念丈夫的心情。

詞的開頭，描寫一系列美好的景物，美好的環境。「薄霧濃雲」是比喻香爐出來的香煙。可是香霧迷濛反而使人發愁，覺得白天的時間是那樣長。這裡已經點出她雖然處在舒適的環境中，但是心中仍有愁悶。「佳節又重陽」三句，點出時間是涼爽的秋夜。「紗廚」是室內的精緻裝置，在鏤空的木隔斷上糊以碧紗或彩繪。下片開頭兩句寫重陽對酒賞菊。

「人比黃花瘦」的「黃花」，指菊花。從開頭到此，都是寫好環境、好光景：有「金獸焚香」，有「玉枕紗廚」，並且對酒賞花，這正是他們青年夫妻在重陽佳節共度的好環境。然而現在夫妻離別，因而這佳節美景反而勾引起人的離愁別恨。全首詞只是寫美好環境中的愁悶心情，突出這些美好的景物的描寫，目的是加強刻劃她的離愁。

在末了三句裡，「人比黃花瘦」一句是警句。作者在這個結句的前面，先用一句「莫道不消魂」帶動宕語氣的句子作引，再加一句寫動態的「簾捲西風」，這以後，才拿出「人比黃花瘦」警句來。三句聯成一氣，前面兩句環繞後面一句，達到了綠葉襯紅花的作用。這首詞末了一個「瘦」字，歸結全首詞的情意，上面種種景物描寫，都是爲了表達這點精神，因而它確實稱得上是「詞眼」。

創新詞

疏影（苔枝綴玉）

——姜夔

苔枝綴玉，有翠禽小小，枝上同宿。
客裡相逢，籬角黃昏，無言自倚修竹。
昭君不慣胡沙遠，但暗憶、江南江北。
想佩環、月夜歸來，化作此花幽獨。
猶記深宮舊事，那人正睡裡，飛近蛾綠。
莫似春風，不管盈盈，早與安排金屋。
還教一片隨波去，又卻怨、玉龍哀曲。
等恁時、重覓幽香，已入小窗橫幅。

注　釋

- 苔枝綴玉：梅樹枝上的綠苔像點綴的碧玉。
- 翠禽小小：翠綠色的小鳥。
- 籬角：籬笆牆邊。
- 昭君：王昭君。
- 深宮舊事：指壽陽公主額染梅花的故事。見上歐陽修
  《訴衷情》（清晨簾幕）注。

- 蛾綠：蛾眉綠鬢，指女子的面頰。
- 金屋：指漢武帝幼年時說金屋藏嬌的故事。
- 玉龍：笛名。
- 哀曲：古笛曲《梅花落》。
- 恁時：那時。
- 橫幅：掛在牆上的畫軸。

譯　文

　　掛滿苔蘚的枝上，綴著美玉般的梅花，那翠綠的小鳥，偎在枝頭雙雙眠宿。客居他鄉的我如今又與梅花相逢，天已黃昏，籬牆邊的梅花默默無語，靜靜地倚著叢叢翠竹。想起那和親出塞的王昭君，怎能承受得了茫茫無際的風沙，她只能暗自回憶著大江南北的故國風情。想必昭君的靈魂在月夜中歸來，化作了此花幽香而孤獨。

　　還記得壽陽公主臥於含章殿的舊事，她正在睡夢之中，一朵梅花飄落在她的額頭。不要像春風那樣無情，也不管梅花如何嬌美，它只管隨意吹打，還應該像呵護美人一樣，早為它安排金屋。若是擋不住一片花瓣隨波而逝，也只有埋怨《梅花落》那樣淒哀的古曲。待到梅花片片飛落之時，再來尋覓它的幽香，卻只能在小窗邊的畫幅上見到它枝葉扶疏。

背景故事

　　南宋光宗時期有一年除夕，江南下起了大雪，在兩浙路

吳縣到吳江的運河裡，一條條載著年貨的船匆匆駛過。聽著兩岸劈哩啪啦的鞭炮聲，船夫們都在拼命地划著船，為的是儘早趕回去，全家過個團圓年。

這時，運河中由北向南駛來一條小船，船上的人一面慢慢划著槳，一面含笑望著艙口。原來，船艙口正坐著一個三十五、六歲的書生，手裡拿著一支洞簫在嗚嗚地吹著，艙內坐著一位妙齡女郎正伴著簫聲，低低地唱著，那聲音雖不甚大，卻清亮悅耳，婉婉轉轉，動人心魄……

這個書生便是當時著名的詞人姜夔。一個月前，曾做過參政知事，如今退隱石湖的范成大請他去作客，兩人賞花飲酒，作詩賦詞，相處得十分融洽。

一天傍晚，小雪剛剛下完，湖面波光粼粼，不時有小魚飛快地跳出水面，蕩起層層漣漪。吃完晚飯，范成大邀姜夔踏雪賞梅。兩人沿著屋前的湖濱漫步著，湖岸，一叢叢竹子秀麗挺拔，冰雪掛在竹葉上，景象十分壯觀。兩人賞玩的十分開心。突然一陣輕風吹過，帶來一陣沁人心脾的幽香，兩人不覺一同抬頭向前看去，只見在一叢竹子背後，緊靠湖邊處一株老梅正在怒放。

兩人透過稀疏的翠竹，看到老梅傾斜的樹幹上長滿青青的苔蘚。在大大小小的枝頭掛滿了盛開的花朵，像一樹潔白的雪，與樹下之雪相映成趣。老梅影子投到湖面上，隨著水波的起伏在輕輕地晃動。兩人緩緩地繞過竹子，靠近梅樹，在樹下靜靜地向上凝望著，彷彿進入一個優美迷離的夢境，

一動就會使它消失似的。兩人如醉如癡地觀賞著，讚歎著大自然的鬼斧神工，神奇造化。

後來，范成大對姜夔說：「賢弟何不作一首詞來讚歎眼前的盛景呢？」姜夔既善於詞章，又嫻於音律，每每創作新的詞牌，因此這一提議正中下懷。范成大呼下人搬來桌椅，取來紙筆墨硯，與姜夔坐在梅樹下，一邊飲酒，一邊作曲填詞。

姜夔喝了幾口酒，他的臉上泛起了紅暈。他拿起隨身攜帶的笛子吹奏起來。笛聲裡，他想起了以前的是是非非，這愛和恨編織成一張巨大的網把他罩在裡面，令他心醉，又令他心碎。那天明即消逝得無影無蹤的梅花女神、西出邊塞的王昭君、還有那先是被漢武帝「金屋藏嬌」但終遭遺棄的陳皇后的倩影都在他的面前出現。姜夔放下笛子，夢遊一般在樹下徜徉著，吟詠著。過了很久，他鋪開紙，提筆在紙上揮灑起來：

辛亥之冬，予載雪詣石湖。止既月，授簡索句，且徵新聲，作此兩曲……乃名之曰《暗香》、《疏影》。

宋初詩人林逋（諡號和靖先生）的《山園小梅》詩有句云：「疏影橫斜水清淺，暗香浮動月黃昏。」現在姜夔將其中的「暗香」、「疏影」四字借用下來，作為自作新曲的詞牌名字。范成大見了詞稿，驚喜異常，再三吟詠，愛不釋手。他找來家伎小紅和幾個樂工，請姜夔將詞與曲譜一併傳授給他們，讓他們即刻練習演奏和演唱。家伎與樂工們便認

真地演練起來。第二天晚上，已演習精熟，小紅便在月下演唱起來。這月夜飄蕩的歌聲彷彿與空中暗暗浮動的梅香融爲一體，使人分不清究竟是梅花散發的幽香，還是梅曲帶來的芬芳。范成大聽後連連贊道：「這真是詠梅的佳作啊！」姜夔自己也怡然自得。

轉眼除夕即將來臨，殷勤的主人留姜夔在石湖過年，但姜夔卻歸心似箭，執意要回到吳興的家中過年。因此便在除夕這天的早晨與范成大告別。臨行，范成大將自己心愛的家伎小紅送給姜夔，讓這位擅於歌唱的姑娘時時陪伴在詞人身旁……

歸途中，姜夔想起自己在石湖寫的二首詠梅詞，十分自得，一時意興盎然，便取出洞簫，自己一面吹，一面讓小紅低聲演唱……於是便出現了文章開始時的那一幕。

《暗香》一詞，以梅花爲線索，透過回憶對比，抒寫作者今昔之變和盛衰之感。全詞可分爲六層。上片，開篇至「不管清寒與攀摘」五句爲第一層，從月下梅邊吹笛引起對往事的回憶。那時，作者同美人在一起，折梅相贈，賦詩言情，情境況何等幽雅，生活何等美滿！對未來充滿了希望。「何遜而今漸老」兩句，筆鋒陡轉，境況突變，作者年華已逝，詩情銳減，面對紅梅，再難有當年那種春風得意的詞筆了。從「但怪得」至上片結尾爲第三層。這兩句點題，寫花木無知，多情依舊，把清冷的幽香照例送入詞人的室內，浸透著周圍的一切，免不了撩起深長的情思。

　　下片寫身世之感。從「江國」到「紅萼無言耿相憶」是第四層，感情曲折細膩而又富於變化。敘寫獨處異鄉，空前冷清寂寞，內心情感波瀾起伏：先是想折梅投贈，卻又怕水遠山遙，風雪隔阻，難以寄到；次想借酒澆愁，但面對盈盈翠盞，反而是「酒未到，先成淚」；最後，作者想從窗外紅梅身上來尋求寄託並據以排遣胸中的別恨，然而引起的卻是更加使人難以忘懷的回憶。「長憶曾攜手處」兩句，是第五層，這兩句說明詞人最難忘情的是西湖孤山的紅梅，它傲雪迎霜，幽香襲人，壓倒了凜冽的冬寒，似乎帶來了春天的訊息。當時「攜手共遊」，何等愜意！結尾兩句又是一層，詞筆頓時跌落，終於又出現了萬花紛謝的肅殺景象。「幾時見得」一句埋伏下許多情思，引起無限懸念。

　　《暗香》著重讚賞梅的「清冷」，《疏影》著重讚賞梅的「幽靜」。《疏影》這首詞的重要特色之一就是既寫花又寫人，花人合一，互相幻化，以空靈含蓄的筆觸，構成朦朧優美的意境。

　　「苔枝綴玉，有翠禽小小，枝上同宿」，開篇展現在讀者面前的就是一幅色彩鮮明、幽雅清麗的「雙棲圖」。苔枝與翠禽色相近，都是充滿生機的「綠」，其間點綴著美玉般的梅花，就更顯得光彩照人。接著推出第二個畫面，是「客裡相逢，籬角黃昏，無言自倚修竹」，這完全是用寫人的手法來寫梅，梅花就是佳人的幻化。相逢在「客裡」，又是「籬角黃昏」這麼一個典型環境，更突出了寂寞的氛圍。在

這麼寂寞的氛圍裡，「佳人」「無言自倚修竹」。「無言」這神態，「自倚」這動作，突出了這位孤高的佳人形象；另一面，也折射了詞人在「客裡」懷念情人的孤寂心情。

在這種孤寂情緒的支配下，詞人想到對方也一定會同自己一樣孤寂難熬。下句就借昭君出塞、遠嫁番邦的典故來抒發這種情感，「不慣」、「暗憶」這兩個詞，就傳達出了不尋常的深沉感情。

「想佩環、月夜歸來，化作此花幽獨」，這就明寫出人花幻化的藝術意境。放在「月夜」歸來，就更突出「幽獨」的氣質。「月夜」與「黃昏」照應，「花」與「玉」照應，「幽獨」與「無言自倚」照應，文字針線細密，情感脈絡分明。而「幽獨」一詞又是總括了上片的精髓而成爲全詞的基調。

下片開頭的「猶記深宮舊事」與上片的「暗憶江南江北」遙相呼應，這是詞人想像自己心上人在遠方孤寂中一定會時時想起美好的往事。「那人正睡裡，飛近蛾綠」，是借南朝宋武帝女兒壽陽公主午睡時梅花飄落眉心留下花瓣印，宮女爭相仿效，稱爲「梅花妝」的故事，喻往事之美好令人難忘。這美好的時光多麼值得珍惜！千萬不要像無情的東風一樣，「不管盈盈，早與安排金屋。」但到底往事已成空，如今只留下一片美好的追憶而已。這就正如梅花終於被東風吹落，而且「隨波去」了，怎能不怨恨那「玉龍哀曲」呢！

玉龍，笛名。笛曲《梅花落》是古代流行的樂曲，聽了

使人悲傷。到了唱「梅花落」悲歌的時候，才「重覓幽香」，
爲時晚矣。到那時，花落了，香殘了，只剩下空禿的疏影，
美麗的梅花則「已入小窗橫幅」。就正如美好的時光沒有好
好珍惜，而今雙方遠隔千里，兩地相思，只能像梅花一樣孤
寂地「暗憶」往事了。

　　末句的「幽香」與上片末的「幽獨」遙相呼應，進一步
突出了梅的動人形象。

關於歐陽修的文壇公案

朝中措

——歐陽修

平山闌檻倚晴空，山色有無中。

手種堂前垂柳，別來幾度春風。

文章太守，揮毫萬字，一飲千鍾。

行樂直須年少，尊前看取衰翁。

注　釋

- 平山：即平山堂，歐陽修建。山與堂平，故名。
- 此句出自王維《漢江臨眺》：「江流天地外，山色有無中。」
- 垂柳：在平山堂前，歐陽文忠公手植柳一株，謂之「歐公柳」。
- 衰翁：歐陽修自稱。

譯　文

想當年，憑倚著平山堂的直欄橫檻眺望萬里晴空，那遠

處的山色若隱若現，蒼茫迷蒙。我親手栽下的那株垂柳，分別以後又經歷了幾度春風？太守文章有聲名，濡墨揮毫，洋洋萬言堪稱雄，又善喝酒，一飲千鍾，行樂要趁年少，看我這個衰老之翁也滿懷豪情。

背景故事

歐陽修是唐宋八大家之一，是北宋時期著名的詞人，在他到揚州當知州的時候，他在瘦西湖旁邊的蜀岡上，建了一座平山堂。說起這個名字，還有些講究。原來坐在堂裡，南望江對面的幾座山，都恰好與堂的欄杆持平，所以歐陽修稱它為平山堂。

在平山堂竣工時，歐陽修又在堂前的平台上親手種植了一棵柳樹，出於對這位文壇大家的敬意，後人都稱此柳為「歐公柳」。歐陽修非常喜歡這裡，經常在此賞景。

後來歐陽修調離揚州，他的好友劉原甫接任他的職務，於是，他備下酒菜為劉原甫接風，並建議劉原甫到平山堂去走一走，看一看，還特意以平山堂為題，寫下了一首《朝中措》詞贈給劉原甫：

平山闌檻倚晴空，山色有無中。

手種堂前垂柳，別來幾度春風？

文章太守，揮毫萬字，一飲千鍾。

行樂直須年少，尊前看取衰翁。

這首《朝中措》，筆調灑脫，氣勢豪放，與當時詞壇盛

行的脂粉纏綿詞風大相徑庭。因此，該詞一經問世，不脛而走，立即引起了轟動，這不僅使歐陽修又一次名聲大震，而且也使平山堂揚名天下了。這首詞一發端即帶來一股突兀的氣勢，籠罩全篇。

「平山闌檻倚晴空」，頓然使人感到平山堂凌空矗立，其高無比。這一句寫得氣勢磅礴，便爲以下的抒情定下了疏宕豪邁的基調。接下去一句是寫憑欄遠眺的情景。登上平山堂，負堂而望，則山之體貌，應該是清晰的，但詞人卻偏偏說是「山色有無中」。這是因爲受到王維原來詩句的限制，但從揚州而望江南，青山隱隱，自亦可作「山色有無中」之詠。以下二句，描寫更爲具體。此刻當送劉原甫出守揚州之際，詞人情不自禁地想起平山堂，想起堂前的垂柳。

「手種堂前垂柳，別來幾度春風」，深情又豪放。其中「手種」二字，看似尋常，卻是感情深化的基礎。詞人在平山堂前種下垂柳，不到一年，便離開揚州，移任潁州。在這幾年中，垂柳之枝枝葉葉都牽動著詞人的感情。

下片三句寫所送之人劉原甫，與詞題相應。此詞云「文章太守，揮毫萬字」，不僅表達了詞人「心服其博」的感情，而且把劉原甫的倚馬之才，作了精確的概括。綴以「一飲千鍾」一句，則添上一股豪氣，於是一個氣度豪邁、才華橫溢的文章太守的形象，便栩栩如生地站在我們面前。

詞的結尾二句，先是勸人，又回過筆來寫自己。餞別筵前，面對知己，一段人生感慨，不禁脫口而出。無可否認，

這兩句是抒發了人生易老、必須及時行樂的消極思想。但是由於豪邁之氣通篇流貫，詞寫到這裡，並不令人感到低沉，反有一股蒼涼鬱勃的情緒奔瀉而出，滌蕩人的心靈。

宋神宗元豐二年四月，蘇東坡路過揚州，慕平山堂之名，特來此遊覽。當時歐陽修已去世好幾年了，但平山堂的粉牆上，仍清晰地留有他那筆走龍蛇的墨蹟。蘇軾是歐陽修的學生，站在平山堂看著老師的墨蹟他又回憶起當年考進士時的情景。那時候，歐陽修是主考官。歐陽修十分欣賞蘇東坡的才華，不僅使他考中了進士，步入仕途，還多次鼓勵和提拔他。而今，歐陽修已經作古，自己在仕途上又多坎坷，想起這些往事，真像是一場大夢。於是，蘇軾也題了一首詞，描寫平山堂，懷念歐陽修老師。

從此，平山堂更加出名，不但成了名勝，更吸引了眾多的人們來此遊覽觀光。又過幾年，有一位愛鑽牛角尖的書呆子來平山堂遊玩。他在平山堂的前前後後轉了一圈，突然如同發現了什麼了不起大事似的叫了起來：

「歐陽修肯定是個近視眼，平山堂對面的那幾座山距離平山堂這麼近，看上去很清楚啊！他要不是近視眼，怎麼會在《朝中措》詞中說『山色有無中』呢？」

於是這位愛鑽牛角尖的仁兄洋洋自得，他以為人們一聽他的這番議論，就會想到：歐陽修如果不是近視眼，那麼他那首《朝中措》寫的就有問題；如果歐陽修是個近視眼，那麼他這首《朝中措》就只是寫給近視眼人看的。

在當時，歐陽修已是聲名遠播，人們都非常敬重他，可是這個愛鑽牛角尖之人的話好像也有道理。於是，這件事便在當時的文壇上，成了一椿懸而未決的公案。

後來這件事被蘇東坡聽到了。當時蘇東坡正在黃州，他的好朋友張夢得在黃州的江邊上建了一座亭子，剛剛竣工，還沒有命名，張夢得便請蘇東坡到亭子裡來遊玩。

蘇東坡接到邀請，欣然前往，在亭子裡他們縱觀山光水色，開懷暢飲美酒，玩得十分盡興，非常愉快，於是，便為此亭命名，稱之為「快哉亭」。題罷亭名，蘇東坡猶覺興致未盡，還要寫首詞贈給張夢得，以答謝他的邀請之情。於是蘇東坡便在他的詞中，借機把「山色有無中」解釋給人們聽，了結了這椿公案，他給出了合理的解釋：在平山堂這個地方欣賞「山色有無中」的景色，必須是在煙雨迷蒙的時候。

蘇東坡的這種解釋言外之意是十分清楚的：對那個愛鑽牛角尖、斗膽指責歐陽修是近視眼的人，恰恰是他少見多怪，而近視眼的也正是他自己。

🦋 蘇東坡也愛唱歌

臨江仙（夜歸臨皋）　　　——蘇軾

夜飲東坡醒複醉，歸來彷彿三更。

家童鼻息已雷鳴。

敲門都不應，倚杖聽江聲。

長恨此身非我有，何時忘卻營營！

夜闌風靜紋平。小舟從此逝，江海寄餘生。

注　釋

- 臨皋：在湖北黃岡市南長江邊，蘇軾曾寓居此地。

- 東坡：在黃岡市之東。

- 這句說，我的身軀不歸我所有，即不能掌握自己的命運。

- 營營：往來不絕的樣子。這裡引申為追求名利。

- 「夜闌」句：夜深風靜江波如縐紗一樣舒展。紋，縐紗
　　　　上的細紋。此處喻指細微的水波。

- 「小舟」二句：表示要棄官不幹，隱居於江湖之間，度
　　　　過殘餘的歲月。

譯 文

深夜，在東坡雪堂開懷暢飲，剛醒又醉，蹣跚地歸來已經三更時分。家童的鼾聲如雷鳴，門敲破了他都不答應，索性倚杖去聽江濤的聲音。長恨此身不歸我所有，何時能忘卻逐利爭名？夜深風靜，水波如縐紗一般平。願乘小舟從此離去，江河湖海度過我的餘生。

背景故事

元豐五年（1082）九月，蘇軾被降職到湖北的黃州，住在東坡，雖做「團練副使」，卻沒有什麼事可幹，覺得很悠閒，就取了一個號叫「東坡居士」。

在黃州，許多人都對蘇東坡很友好，就連對蘇東坡負有監督責任的黃州徐郡守也對他很好。徐郡守認為蘇東坡是個正人君子，不是那種奸佞之徒，所以任他自由來往於黃州附近的各地。

有一天，蘇東坡在雪堂與友人一起喝酒，喝到很晚，兩人都喝得大醉。送走友人後，關上雪堂的門，他便稀裡糊塗地朝臨皋的住處走去。

蘇東坡醉醺醺地回到臨皋時，天色已經很晚了。在醉態中帽子也不知到哪裡去了。在門口待了很長時間，也沒能把門敲開。

夜涼如水，蘇東坡不覺打了個冷顫，便要急於進屋睡

覺。可是，側耳一聽，家童鼾聲如雷，睡得正酣。於是，他站在門前，對著夜空，放開喉嚨大聲唱起來：

　　夜飲東坡醒複醉，歸來彷彿三更……

　　此詞以夜飲醉歸這件生活小事爲由，即興抒懷，展現了作者謫居黃州時期曠達而又傷感的心境。

　　上片敘寫於東坡豪飲後醉歸臨皋之景。前兩句點明了詞人夜飲的地點和醉酒的程度。醉而複醒，醒而複醉，可見是一醉方休的暢飲了。「彷彿」二字，刻劃出詞人醉眼朦朧之態，真切傳神。「家童」三句，是回到寓所門前駐足叩門的情景。詞人雖連連敲門，然小童因等不及主人夜深歸來，酣睡已久，鼾聲如雷，對叩門聲全然不覺。於是，詞人索性不再敲門，在此萬籟俱寂的深夜，轉而拄杖臨江，細聽濤聲。

　　下片即是詞人「倚杖聽江聲」時的哲思。「長恨」二句是詞人當下對人生的思索和感歎。想平生顛沛飄泊，身不由己之時居多，何時才能不爲外物所羈絆，任性逍遙呢？「夜闌」一句，亦景亦情，既是寫深夜無風而平靜的江面，也是詞人此際寧靜超然心境的象徵，並從而引發出尾二句的渴望和遐想。

　　「小舟」二句，寫詞人面對平靜的江面，幻想著能如範蠡一樣，駕一葉扁舟，遠離塵世喧囂，在江湖深處安閒地度過自己的餘生。體現了作者當時渴望得到精神自由和靈魂解脫的心境。

　　第二天早晨，黃州的大街上便傳說蘇東坡昨夜唱完《臨

江仙》之後，乘著小舟走掉了。因爲可以從最後兩句「小舟從此逝，江海寄餘生」人們推斷他走掉了。

這一傳不要緊，可驚壞了徐郡守。他一聽，不禁大驚失色，因爲在自己管轄的黃州走失了罪人蘇東坡，這可非同小可。按照當時的有關規定，流放在外的罪犯要是逃跑了，就得報告朝廷緝拿，同時還得追究責任。

徐郡守這一急不要緊，馬上派出人馬四處追找，他自己則急忙趕到臨皋察看。到那裡一看，蘇東坡高臥床上，酒還沒醒呢！從此，黃州的人都知道蘇東坡能唱歌了。

蘇東坡不但好唱，而且還十分好遊。每到一地，他都要遊盡那裡的名山大川、名勝古蹟。在黃州，只要有閒暇，蘇東坡便出去覽勝觀景，並在美景佳處飲酒題詩。

由於蘇東坡經常吟山嘯水，所以黃州附近的佳山勝水都留下了他的足跡，而他也爲人們所熟悉，所以人們有幾日不見蘇東坡，聽不到他唱歌，就十分惦念他。

有一次，蘇東坡得了「病赤眼」，差不多有一個月沒有出門。有朋友來訪，他又怕把病傳染給朋友，就讓家人把他們擋在門外。

非常活躍的蘇東坡生病了，就連見見面都不可能，這到底是爲什麼呢？蘇東坡是當時文壇上的大人物，許多朋友久久見不到他便胡亂猜測起來。這時不知是誰說了一句：「即使是死了，也得通知大家呀！」誰想這句話傳來傳去便走了樣，最後竟成了「蘇東坡已死」了。

不久，這種訛傳被他許昌的朋友范景仁聽到了。他是蘇東坡的好友，一聽此信，當場捶胸頓足嚎啕大哭。他召來弟子，籌集了一些喪葬費，準備寄給蘇東坡的家裡人，以表示哀悼恤慰之意。這時，范景仁的一個弟子說：「傳聞未必可信，應該先寄封信去問一問。」

　　於是，范景仁馬上修書一封寄去。此時蘇東坡的眼病已經好轉，他打開范景仁的書信一看，不禁哈哈大笑。

　　為了向社會證實自己沒死，蘇東坡請來一些朋友在家中飲酒，趁夜深人靜之時，他亮開喉嚨，引吭高歌，並來到屋外，邊走邊歌，歌聲竟傳到數裡之外。人們一聽到他的歌聲，才都恍然大悟：蘇東坡沒死。

永續圖書
線上購物網

www.foreverbooks.com.tw

◆ 加入會員即享活動及會員折扣。

◆ 每月均有優惠活動，期期不同。

◆ 新加入會員三天內訂購書籍不限本數金額，

即贈送精選書籍一本。（依網站標示為主）

專業圖書發行、書局經銷、圖書出版

永續圖書總代理：

五觀藝術出版社、培育文化、棋茵出版社、犬拓文化、讀

品文化、雅典文化、知音人文化、手藝家出版社、璞申文

七、智學堂文化、語言鳥文化

活動期內，永續圖書將保留變更或終止該活動之權利及最終決定權。

品味

唐詩

上

唐詩似清酒，原料很單純，味道卻很華麗

人生之無常，正如天地之蒼茫。
藝術來自於生活，是現實生活在文人們筆下的反映。
熟讀唐詩可以走進歷史，走進那個時代，走進詩人們的生活。

曦張弘／編著

唐詩似清酒，原料很單純，味道卻很華麗

人生之無常，正如天地之蒼茫。
藝術來自於生活，是現實生活在文人們筆下的反映。
熟讀唐詩可以走進歷史，走進那個時代，走進詩人們的生活。

謝謝您購買 _____品味宋詞（下）_____ 與我們一起分享讀完本書後的心得。務必留下您的基本資料及電子信箱，使用我們準備的免郵回函寄回，我們每月將抽出一百名回函讀者，寄出精美禮物以及享有生日當月購書優惠！想知道更多更即時的消息，歡迎加入"永續圖書粉絲團"

您也可以使用以下傳真電話或是掃描圖檔寄回本公司電子信箱，謝謝！

傳真電話：（02）8647-3660　　電子信箱：yungjiuh@ms45.hinet.net

●請針對下列各項目為本書打分數，由高至低5～1分。

　　　　　　5 4 3 2 1　　　　　　　　　　5 4 3 2 1
1. 內容題材　□□□□□　　2. 編排設計　□□□□□
3. 封面設計　□□□□□　　4. 文字品質　□□□□□
5. 圖片品質　□□□□□　　6. 裝訂印刷　□□□□□

●您購買此書的地點及店名_____

●您為何會購買本書？

□被文案吸引　　□喜歡封面設計　　□親友推薦　　□喜歡作者
□網站介紹　　　□其他_____

●您認為什麼因素會影響您購買書籍的慾望？

□價格，並且合理定價是_____　　□內容文字有足夠吸引力
□作者的知名度　　□是否為暢銷書籍　　□封面設計、插、漫畫

●請寫下您對編輯部的期望及建議：

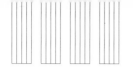

221-03
新北市汐止區大同路三段194號9樓之

傳真電話：（02）8647-3660
E-mail：yungjiuh@ms45.hinet.net

廣 告 回 信
基隆郵局登記證
基隆廣字第200132號

培育

文化事業有限公司

讀者專用回函

品味宋詞（下）

培養文化育智心靈的好選擇